Luis Felipe Ortiz Reyes

Los Humaquis
Entre humanos y humanoides

Luis Felipe Ortiz Reyes

eM Ediciones Manoluiche

©2015, Luis Felipe Ortiz Reyes

Editado por eM Ediciones Manoluiche
Caracas, Venezuela
emedicionesmanoluiche@gmail.com
Impreso en EE.UU. por Amazon. Kindle Direct Publishing

El diseño de las cubiertas ha sido realizado por Leonor Paola Ortiz Roldán, Pedro Luis Echenagucia Ortiz y Luis Felipe Ortiz Reyes, mediante Inteligencia Artificial suministrada por Microsoft Create

ISBN: 9798340936813

Todos los derechos reservados.
Esta publicación no puede ser reproducida, ni en todo ni en parte, ni registrada en o trasmitida por un sistema de recuperación de información, en ninguna forma ni por ningún medio, sea mecánico, fotoquímico, electrónico, magnético, o cualquier otro, sin el permiso previo por escrito del autor o la editorial respectiva.

Capítulo 1

¡Mi abuela está muerta!, mi abuela está muerta! —gritó Novak, al descubrir el cadáver de Freyja. Para él, se trataba de un acontecimiento pavoroso ocurrido en las montañas próximas a la pequeña comunidad donde vivía.

Meses antes, Novak, en la vieja casa que previamente había sido ocupada por humanos prominentes, entró al estudio, una habitación con altos ventanales. Se detuvo, inspeccionó la situación con sus brillantes ojos azules y empezó a dar vueltas, mirando los distintos monitores mientras su abuela lo miraba con curiosidad.

—Abuela, ¿cuántas computadoras tenía tu papá?
—Le preguntó deteniendo su mirada en ella—, muchas. Yo diría que más de cinco —contestó sin mirarlo y continuó tipeando.

—¿Por qué tienes menos?
—Bueno, soy una persona corriente. Las que tengo sun suficientes, pero hay personas, los humaquis, sobre todo, que incluso tienen más de cinco; tienen

tantas, que nadie sabe cuántas... Cuando yo estaba joven, con una sola era suficiente. Dos —rectificó—, yo usaba otra más; es verdad.

— ¿Entonces, solo eres humana?

—Soy humana; humana normal no modificada. No soy humaqui —contestó sin dejar de pensar que la conversación se podía complicar—. Los humaquis son seres intermedios entre los humanos y los humanoides.

Estuvo tentada a decirle, pero no lo hizo, que existe un grupo de humaquis que se ha adueñando del destino colectivo y que buscan perpetuarse en el poder mediante el control y manipulación de la tecnología, con el fin de coaccionar a los seres humanos para mantenerlos dominados y obedeciendo rígidamente las normas de conducta estipuladas para tal fin.

—Y yo, ¿qué soy?

—Un muchacho espléndido e inteligente.

— ¿En serio, abuela?

—Tú también eres un humano no modificado del todo, pero no exactamente un humaqui.

La abuela tampoco consideró oportuno decirle que él permanecía con las capacidades intactas, pero, por su edad, aunque le habían incrustado un chip de memoria ROM, aún no se le consideraba humaqui. Esto significaba que por ser hijo de humaquis, estaba en proceso de modificación y era un candidato potencial para convertirlo en un puente entre los humanos y los humanoides, pasado y futuro, entre el orden y la anarquía; entre la libertad y la servidumbre.

—¿Por qué dices que no soy humaqui?

—Pues, por ahora, mientras llegues a adulto, tienes un chip que te ayuda como memoria. Pregúntale a tú papá o a tú mamá, lo que eso significa.

—¿También le puedo preguntar a mi holograma Dan?

—Si, creo que sí.

—Y, ¿Cuántos humaquis existen?

—No lo se.

—Cuando eras joven, ¿ya existía la Inteligencia artificial?

—Así es, la inteligencia artificial existe desde hace muchísimos años. Sin embargo, durante sus primeras décadas de existencia, la falta de potencia computacional y capacidad de almacenamiento, frenaba su avance.

—Y ahora, ¿hemos avanzado?

—No mucho, pero sin duda, la adopción de la inteligencia artificial aumentó la productividad durante varias décadas, como resultado de las mejoras conseguidas a nivel de costos, tiempo de entrenamiento y las capacidades de computación que nos permiten hacer muchas otras cosas. Hoy, la gente tiene un sin número de actividades por realizar y controlar.

—¿Como le pasa a papá y a mamá?

—Si. Pero otros, como yo, por ejemplo, no necesitamos tanto. Nuestras responsabilidades son diferentes, eso es todo. Pero ellos tienen incrustado en su cerebro un chip mucho más poderoso que el tuyo.

—¿Por eso son humaquis? —Preguntó genuinamente interesado. A su edad, en su mundo, ya había cabida para la tecnología, computadores clásicos; incluso, ya se estaba familiarizando con los computadores híbridos que le abrirían las puertas al empleo de las computadoras cuánticas. Pero hoy, aprende, mientras experimenta grandes aventuras, disfruta de la fantasía y la imaginación, con mundos increíbles, naves espaciales, avatares y hologramas interactivos personalizados.

—Si; así es. Los humaquis tienen incrustado un poderoso circuito electrónico de memoria.

—Yo los conozco, abuela. Eso es un circuito integrado en una pequeña lámina plana hecha con un material semiconductor, como el que tienen los computadores.

—Si, una especie de computador que almacena enorme cantidad de información y la relaciona bastante rápido. Muchísimo más veloz que nosotros, los humanos no modificados.

Los humaquis
Entre humanos y humanoides

—¡Pues claro, abuela!

—Pues sí, muchísimo más rápido. A un primo lejano, por ejemplo, hace muchos años le colocaron un chip bastante avanzado.

— ¡Aaah! ¿En que trabaja tu primo?

—Tenía mucha experiencia en diseño y fabricación de transistores y trabajó en el lanzamiento de nuevos chips para construir los antiguos sistemas de computación cuántica.

—¿Abuela, que es una computadora cuántica?

—¡Ay, hijo, esa es otra buena pregunta para tus padres!

—¿Y a Dan?

—¡Claro!

—¿Entonces, mamá y papá tienen un chip avanzado?

—¡Claro!; ellos son humaquis.

— ¿Y los humanoides? —Preguntó Novak, que, a su edad, aun no comprendía plenamente la innovación tecnológica, los humaquis y el rol de los humanoides.

—Bueno, ellos son el producto final que se busca para realizar los oficios que los humanos y los humaquis no hacen.

Ella no deseaba decirle muchas cosas. Debía limitar el lenguaje y moderar la complejidad con la que se dirigía a su nieto de ocho años que, no obstante, ya estaba empezando a comprender y a utilizar la inteligencia artificial.

—¿Cuánto viven los humanoides?

—Ellos no son seres vivientes, son máquinas, robots creados por los humanos y los humaquis y duran tanto como permanezcan útiles para el trabajo. De manera que funcionan por poco tiempo y terminan siendo descontinuados por obsoletos.

— ¿Y cuántos años tiene tu primo?

—Tenía 75 años cuando murió.

—A mí no me parece que vivió mucho tiempo —manifestó, y ahora le temblaba la voz.

—Ven acá, mi amor —y le hizo una seña para que se acercara. Él se sentó en sus rodillas y, una vez más, su abuela se sintió impresionada por su fragilidad. Era alto y de tez oscura, casi bizantina, como su padre.

—Cariño —manifestó—, si por mí hubiese sido, mi primo Arín aún viviera. Pero la mayoría de nosotros vivimos solo 75. Y, créeme, son muchos años.

Al verlo tan interesado, deseó parecer más sincera de lo que ella misma se sentía. Los años le habían pasado tan fugazmente como una corriente de aire por debajo de una puerta. Sin embargo, mantenía una expresión impávida, hablaba con tono autoritario y seguía siendo la cabeza de la familia. Hasta allí llegaron las explicaciones que la abuela estaba dispuesta a darle. No podía tratarlo como a un adulto ni hablarle de la intuición, aquella que descubre y comprende la vida como duración. Consideraba que aún no era el momento para explicarle que el tiempo era concebido como algo en continuo movimiento y evolución creadora y que todo el universo era la coexistencia de distintas duraciones, unas condicionadas por el impulso vital, las que permiten a los humanos pensar, y otras son repeticiones más dispersas y extensas.

—Tanto los humaquis como los humanoides, dejaremos de existir un día u otro, eso es todo lo que yo sé. —Y, aunque ella, quiso mentir, le recordó, con la voz apagada, sin hablarle de la muerte, que a los humaquis les podían cambiar el chip, incluso, quitárselo, desconectarlos.

—¡No quiero que mueran! ¡abuela, no, no quiero que los descontinúen y lo desarmen! —Gimió.

—A los humanos no nos pueden desarmar, porque no somos robots; solo moriremos, mientras que a los humanoides los descontinúan y los desarman. Pero, un día moriremos. Supongo que, para dejar sitio a los jóvenes, a la gente nueva como tú; además, cuando uno es muy, muy viejo, la muerte no parece tan terrible.

La abuela lo abrazaba y lo consolaba, convencida de que él lloraba por el carácter inapelable de la muerte. Y lloraba también por esa facultad del ser humano, que puede ser maravillosa o funesta, para sacar deducciones. Si todos aquellos humanoides podían ser desechados o canibalizados, los humaquis, solo podía ser desconectados o exterminados; y lo mismo podía ocurrirles a sus padres.

La obsolescencia era una idea abstracta, pero real. En aquellas toscas estelas había verdades que incluso un niño podía palpar, porque entendían muchas cosas, la más importante, como, desde luego, que los animales moríamos.

Hubiera sido fácil mentir, pero era evidente que la mentira se recordaría más adelante. Su propia madre le había contado a ella una de aquellas mentiras piadosas: que a los niños los traen las cigüeñas. Sin embargo, pese a lo inocente de la mentira, ella nunca se la perdonó, ni se perdonó a sí misma por haberla creído.

—Hijo, eso forma parte de la vida.

—¡Una parte MUY MALA! —gritó Novak.

La abuela asintió en silencio. No había otra respuesta para aquello. Novak se tranquilizó un poco. Aquél era el primer paso dirigido a establecer una paz precaria con una verdad inmutable: la muerte.

Capítulo 2

Sonó la alarma de una de las computadoras, advirtiendo que había concluido el trabajo que unos avatares estaban realizando en el campo virtual de un metaverso. La abuela tardó algún tiempo en darse cuenta de que Novak cabeceaba; se estaba durmiendo y subió a dejarlo en la cama.

Mirai, la madre de Novak, estaba trabajando con unos avatares que había enviado a un bosque a inspeccionar un experimento que, como científica en el área forestal, había montado, y, al ver a su madre, que regresaba de acostar a Genero, dejó el programa en suspenso y, al preguntar por él, se mostró sorprendida de que le diera sueño a media mañana.

—¿Por qué tendrá sueño Novak?

—¡Ese dichoso almacén de chatarras! lo impresionó mucho. Era el primer desguazadero que él veía en persona y… lo trastornó. No creas que pienso escribir una carta de agradecimiento a tus amigos humaquis por esa excursión.

—«Vaya, ahora resulta que son mis amigos humaquis» —pensó Mirai, perpleja y algo molesta, pero no lo manifestó.

—Y no quiero que el niño vuelva a ese sitio. No me refiero a que vea humanoides desarmados, y tú lo sabes perfectamente —advirtió su suegra—. Ese macabro lugar es morboso. Eso de que los niños vean montones de piezas que parecen huesos de humanos: exoesqueletos, mandíbulas, fémures, molares, ojos y todas esas piezas de los humanoides, es malsano; no hay otra palabra. Si los críos de esta comunidad están enfermos, no quiero que Novak contraiga la enfermedad.

—Para algunos, esa chatarrera es el primer contacto real con la muerte. Ellos ven morir a la gente, a los humanos, a los humaquis, y se dan cuenta de la desaparición de los humanoides, pero desconocen la realidad y esos desguazaderos, a la mayoría les parece mucho más real que todas las realidades virtuales que viven sus avatares. ¿Comprendes?

—A algunos niños no les afecta en absoluto; por lo menos, no lo acusan, aunque con seguridad a la mayoría les queda dentro y luego lo van rumiando poco a poco. No creo que sea lo mismo que se metan en el bolsillo todas esas cosas que coleccionan, y se las llevan a casa para mirarlas despacio.

—La mayoría no tiene problemas.

—Anoche tuvo una pesadilla... Creo que será mejor que, por un tiempo, solo visite los desguazaderos, en forma virtual. Que envié un avatar.

—No es más que un almacén de chatarra.

—¿Crees que para él no es eso más que un desguazadero de humanoides? Eso va a dejarle huella —y se apresuró a seguir hablando—, pero no, él no volverá a ir a ese lugar —sentenció con tono decidido.

Novak empezó a llamar, con más frecuencia, a Dan, su holograma, para hacerle preguntas; sus respuestas coincidían con las que sus padres y su abuela le daban. No volvió al desguazadero de humanoides, ya no se lo permitían sus padres, pero empezó a enviar avatares.

Capítulo 3

Mirai, desconcertada y casi convencida creía que una de las razones por las que su matrimonio resistía, mientras, al parecer, no pasaba un año sin que dos o tres parejas amigas se separarán, era el respeto que se profesaban su marido y ella. Esa idea apenas intuida y nunca explicada con palabras de que, a fin de cuentas, a la hora de la verdad, la cosa del matrimonio no funcionaba bien, ni tampoco la libre unión; de que, en el fondo, cada cual estaba solo y, por más que creyeran conocer a su pareja, había veces en que se encontraban frente a un muro o en un pozo sin fondo y advertían una actitud insospechada y tan estrambótica, que les parecía incluso patógena. De manera que Mirai y Louis, su marido, continuaban con cautela, y si valoraban en algo el matrimonio y la serenidad de espíritu, entonces trataban de recordar que enojarse por tonterías es no aceptar que una persona no puede llegar a conocer suficientemente a las personas más próximas.

Durante un momento, Mirai sintió la extraña impresión de que hablaba sola, que se había puesto unos zancos, un vestido y una máscara. Lucía crispada y un poco hosca por fuera, pero vulnerable por dentro.

Se oyeron pasos. Era Louis, el padre de Novak, que entraba en ese momento a la casa.

—¡Hola! Saludó Mirai, con voz algo fría y recelosa cortesía.

—¡Hola!, contestó Louis, percibiendo algo de tensión y animosidad en su saludo.

En efecto, lo saludó fríamente, ya que, para ciertas personas, la frialdad es uno de los elementos de los buenos modales.

—Acabo de llegar —se limitó a decir, sin ánimo de conversar.

Mirai giró y miró a Louis sin darle mucha importancia. Era un hombre bien parecido, hasta cierto punto: su porte era excelente, ojos azules, nariz larga y recta, barbilla firme, expresión resuelta y suavizada por una especie de nerviosismo intermitente, como si estuviese esperando la oportunidad de decir algo, no porque lo desease o tuviese algo que decir.

Freyja empezó a contarle a Louis, la conversación que había tenido con Novak. Louis asintió con un movimiento de cabeza y decidió intervenir, porque la cuestión le parecía importante y creía que Novak estaba pasando por un momento crucial en su vida, y no quería mantenerse ajeno.

—Mirai —aseguró—, pues la realidad es que todos nosotros, moriremos algún día, pero no estamos seguros de cuándo. Por eso siempre debemos estar preparados para morir.

Ella lo miró con cara de preocupación.

—No se trata de eso —negó la madre de Louis, lentamente—. Nadie va a morir hoy o mañana; estamos claros.

—Eso es lo que siempre he tratado de explicarle a Novak.

—...ni pasado mañana, ni, probablemente, hasta dentro de años...

—Así es, cariño, nunca se sabe...

—¡Pues claro que sí! —levantó la voz Mirai—. Él se mantiene muy actualizado. Aquí no va a morir nadie. ¿Por qué inquietar a un niño por algo que no podrá comprender hasta que sea mucho mayor?

—Escucha, Mirai. Lo acabará entendiendo de cualquier manera, y es mejor que sea a través de nosotros —pero ella no quería escuchar. Estaba contrariada.

— Por si no fuera bastante duro encajar la muerte de un familiar, o un amigo, cuando llega, no faltaría más que la gente tratará de convertirla en una atracción. En estos momentos lo que Novak necesita son informaciones positivas; algo que le mantenga el ánimo elevado.

La cosa le parecía, a Louis, sólo un problemita sin mucha importancia y, pese a que consideraba que Mirai no tenía una razón de peso, desde luego, había que resolverlo.

—Mirai —la interpeló él, alargando una mano hacia su mujer, preocupado y tratando de asirla por los hombros, pero ella le rechazó con brusquedad.

—Deja. No sirve de nada hablar contigo. No tienes ni la más remota idea de lo que estoy tratando de decir.

Él suspiró y miró a su madre en busca de apoyo. No se esperaba esa reacción de Mirai y no quería discutir más esa cuestión. No quería complicar las cosas.

—Estoy cansado. Me siento como si me hubiera caído por la escotilla de una nave —anunció, tratando de arrancarle una sonrisa. No la obtuvo; sólo una mirada candente, fija. Él se daba cuenta de que Mirai estaba, no simplemente irritada, sino a punto de quedarse fuera de sus casillas—. Mirai —propuso de pronto, sin estar seguro de lo que iba a decir, hasta que oyó sus propias palabras—, ¿qué tal dormiste anoche?

—¡Vamos, hombre! —exclamó ella con desdén, volviéndole la espalda. Pero no sin que él observara un parpadeo de mortificación en sus ojos—. Eso es muy inteligente, realmente inteligente. Nunca cambiarás. Cuando algo no va bien, tiene la culpa Mirai, ¿no?

—Eso no es cierto.

—¿No? —Ella se llevó el láser a una silla más alejada, y lo depositó bruscamente al lado de una mesita. Luego, con los labios apretados, se puso a desarmar un teclado.

—No tiene nada de malo que una criatura averigüe algo sobre la muerte, Mirai —aseguró él, pacientemente—, en realidad, me parece necesario. La reacción del niño, su llanto, me pareció perfectamente natural. Es...

—¡Oh, ¿te ha parecido natural?! —exclamó ella revolviéndose con brusquedad e indignación.

—Creo que es natural que el niño se ponga a llorar por la muerte de un ser querido. Ya basta —la atajó—. Eso no tiene nada que ver.

—No quiero seguir hablando de ello.

—Pero vamos a seguir hablando —propuso, ahora enfadado también—. Tú ya has soltado el parrafito. Ahora me toca a mí. Querámoslo o no, dentro de poco tiempo, Novak va a tener que ir, con más frecuencia, a la chatarrería. Novak sabe desde el año pasado, como se forman los humaquis y como se construyen los humanoides —alertó lentamente—. Los dos se lo explicamos; ¿recuerdas? Estábamos de acuerdo con que él debía saber de dónde vienen.

—Eso es distinto...

—No; no lo es —manifestó ásperamente—; no creo que a los niños debemos decirles mentiras o verdades a medias.

—¡De dónde vienen los niños no tiene absolutamente nada que ver con un desguazadero de humanoides! —le recalcó Mirai con voz estridente, y lo que sus ojos le decían era: "Puedes estar haciendo comparaciones todo el día y toda la noche; puedes estar hablando hasta ponerte morado. A mí no me convencerás".

No obstante, él insistió. Apartó de su mente la negativa de Mirai y centró su atención en el problema que se estaba desarrollando, para el cual esperaba encontrar una salida razonable, porque sabía que, en general, una mujer, al final, prefiere la conciliación en lugar de la confrontación.

—El desguazadero de humanoides lo impresionó porque es una concretización de la muerte. Repito, él ya sabe cómo nacen los niños. Bien, ese lugar lo impulsó a preguntar sobre el extremo opuesto. Es algo perfectamente natural, aunque a ti te parezca desagradable.

—¿Quieres dejar de repetir eso de una vez? —reclamó enojada, alzando la voz exageradamente, casi chillando realmente, y él retrocedió, sobresaltado, golpeando con el codo uno de los monitores que estaba encima del escritorio y tirándolo al suelo. Se alzó una fina nube blanca.

—Oh, mierda... —murmuró, alterado.

Ella fue a pasar por su lado, pero él, furioso, a su vez la retuvo asiéndola del brazo. Al fin y al cabo, era ella la que había empezado la discusión.

—Déjame que te diga algo —propuso—, sé que a los humanos nos puede ocurrir cualquier cosa; literalmente cualquier cosa. Somos humaquis y sabemos de lo que estamos hablando.

—Suéltame —siseó. Pero el furor que había en su voz no era nada comparado con el de su mirada—, no quiero seguir hablando de esto, y tú no vas a obligarme —decía aquella mirada—. Suéltame, tengo que ir a ver al niño.

—Porque quizá tuvieras que ser tú quien se lo aclarara —insistió él—, podrías decirle que de esas cosas no se habla, que las personas educadas no hablan de eso; sólo que los desarman y basta. Pero no digas "entierran", porque podrías confundirlo.

—¡Te odio! —sollozó Mirai.

Su voz había estado subiendo de tono hasta convertirse casi en gritos.

—No hables tan alto.

Ella no le hizo el menor caso y agregó en voz muy alta:

—Vete al carajo.

Aunque en realidad, Mirai lo adoraba, Louis se sintió, pero consideró que era mejor no reaccionar, porque sabía que ella había ido conduciendo la discusión hacia una situación conflictiva, y no pararía.

—Mirai...

Ella le dio un empujón.

—Déjame en paz. ¡Ya está bien! —se volvió a mirarle desde la puerta. Se debatía entre la negación y la rabia. Intentó reprimir las lágrimas—. No quiero hablar de esto nunca más delante del niño. Te lo digo en serio. La muerte no tiene nada de natural. Nada. Y tú deberías entenderlo.

La duda que ahora se le planteaba a Louis, era si debía dejar las cosas como estaban o tratar de arreglarlas, pero le fue imposible no contestar de nuevo ante la dureza de la expresión de Mirai. Observó, acongojado, el rostro de su mujer, en busca de alguna señal de claudicación, pero ella mantuvo su actitud, cuando él esperaba que reaccionara positivamente.

—Mirai, esa no es una buena forma de comportarse —se apresuró a decirle en tono apaciguador—. De todos modos, tienes que comprender que siempre he intentado encontrar el modo más adecuado de explicarle las cosas a nuestro hijo.

Mirai alzó las cejas; pero no contestó; no iba a doblegarse con tanta facilidad; fingía buscar algo en una mesa, como medio de evitar la mirada de Louis, porque sabía que si lo miraba estaría perdida, su mirada siempre había sido demasiado para ella, sus ojos llevaban el peso de una fuerza que podía descifrarle los pensamientos, extraerle confesiones y aplastar su voluntad aun cuando luchara por resistirse. Louis, no obstante, se contuvo; sabía que no había forma de discutir con ella una vez que había decidido algo, de manera que cambió de táctica.

—Cariño, salgamos a calmarnos un poco. Estas discusiones no nos hacen ningún bien.

—¡No! —Exclamó con sequedad, y Louis volvió a sentir en su voz aquel tono que daba por terminada toda discusión. Mirai, giró bruscamente, abrió la puerta de un golpe y desapareció escalera arriba, dejándolo solo con su madre.

—¡Está bien, vete! No voy a pasarme el resto del día rogando tu atención.

En la sala de computadores aún vibraba el eco de sus voces, hasta que al final quedó en completo silencio.

En el fondo, Louis sabía bien que no había nada realmente preocupante en lo que había ocurrido. Él la conocía muy bien. Era cariñosa, sensual, romántica, imaginativa, apasionada e inteligente, aunque también explosiva, algo irreflexiva, hasta dominante, y había aprendido a mostrarse dura cuando quería. Pero no era fría, cruel o insensible. La amaba y se sentía afortunado de tenerla.

Nada de eso había cambiado. Si había algo anormal en ella, era precisamente esa especie de magnetismo. Aun cuando en oportunidades sobrevaloraba la confianza de Mirai en sí misma, ella se esforzaba en evitar recaídas en la duda o la incertidumbre, y, como todo el mundo, también ella tenía sus momentos malos, momentos de tristeza y fragilidad y sombría introspección y dudas intelectuales sobre todo, si sus ideas políticas eran sólidas o no, si sus actos o sus palabras redundarían alguna vez en provecho de alguien, si valía la pena luchar contra los controladores, cuando el sistema no cambiaría jamás, si la lucha por cambiarlo todo no acabaría empeorando las cosas porque muchos se enfrentarían con los que luchaban por mejorarlas. No obstante, Mirai apoyaba, aunque no con el mismo entusiasmo que Louis, la postura del grupo de humaquis, (contra los humaquis controladores, contra la discriminación racial, y anhelaba la libertad). La diferencia era que Louis se incorporó a la organización y Mirai no. Los motivos eran evidentes para los dos, y no discutieron mucho el asunto ni perdieron el tiempo en tratar de convencer al otro de que cambiara de parecer, sino que, a pesar de que Louis la animó a que se incorporase, él entendía por qué ella nunca se haría miembro de nada, porque Mirai era alguien que no podía imaginarse a sí misma luchando abiertamente contra los controladores, ella prefería quedarse en casa, después del trabajo, hablando con su hijo o con su suegra en el porche de su casa, que asistir a las peligrosas reuniones políticas y polémicas, para determinar la próxima acción que el grupo debía llevar a cabo. Ella tenía sus dudas, no porque la causa no era justa o porque le pareciese una visión del mundo simplista, sino porque entre los humanos y muchos los humaquis no existía conciencia de lo que realmente significaba la libertad y por tanto no había posibilidad de que se produjera la gran conmoción que Louis pronosticaba. En una palabra, discrepaban, aunque en lo fundamental se encontraban en el mismo bando, pero ninguna de esas diferencias parecía importar porque ninguno de los dos estaba completamente seguro de nada en aquellos momentos, y cada uno comprendía que el otro podía tener razón o que ambos estaban equivocados, y mejor airear las dudas libre y abiertamente que ir ciegamente hombro con hombro en marcha cerrada contra el sistema de opresión de los humaquis controladores.

Capítulo 4

Había transcurrido un poco más de un año desde que Mirai y Louis, que habían estado separados, ahora, a pedido de Louis, vivían juntos nuevamente. Louis, un gran conciliador, la amaba, y, a pesar del carácter difícil de ella, la intimidad que se había creado entre ellos era ya tan intensa que Louis a veces tenía la impresión de conocerla mejor que a él mismo. Pero no siempre, y por tanto era esencial escucharla y prestar mucha atención a lo que le decía con los ojos, porque alguna que otra vez interpretaba mal las señales y hacía lo que no debía, como abrazarla y empezar a besarla cuando a ella no le apetecía, pero sabía que las pasiones ardían bajo su piel y conservaba el recuerdo de sus caricias y ternuras. Le hubiese gustado haber llegado a la casa, abrasarla, besarla y acariciarla, pero aún, sus relaciones permanecían tensas. Ella le reprochaba haberla embarazada por culpa de sus apuros y descuidos, lo cual la había obligado a interrumpir su embarazo por orden del Estado, ya que no estaba permitido que los humaquis tuvieran más de un hijo. El gobierno, además, intervenía fragmentos del ADN pertenecientes a los cromosomas de la madre, con el propósito de planificar la educación que el niño recibiría para asegurar el desempeño de determinado rol en la sociedad.

Louis estaba convencido de que una de las razones por las que su matrimonio resistía, era el amor que reinventaban y defendían, que reafirmaban y no dejaban que fuese domesticado por la sociedad actual. No obstante, por más que creyera conocer bien a Mirai, en ocasiones se encontraba frente a un muro o en un pozo sin fondo, o metido en una turbulencia desconocida, como las que, de pronto, sin más, los zarandeaban y les producía un insospechado e inadecuado comportamiento. Y, en esos momentos, con serenidad, pisaban con cautela valorando su unión y recordaban que era estúpido enojarse por tonterías o asuntos que no podían controlar.

Louis sabía que la desconexión era, salvo tal vez el parto y la muerte, la cosa más natural del mundo. No eran tan seguros los conflictos sociales, ni el éxito o el fracaso. Al final, lo único que contaba era la actualidad tecnológica; la realidad.

Los humaquis
Entre humanos y humanoides

Louis intercambió una mirada con su madre, que, expectante, había presenciado toda la discusión entre su hijo y Mirai.

—¿Podemos hablar un rato? —la preguntó Louis a su madre.

—Claro, hijo —respondió en tono cortés—, tomemos un poco de aire fresco en el Porche.

Se dirigieron al Porche posterior de la casa que, con diaria frecuencia, utilizaban en las tardes para descansar y charlar.

—Te agradezco mucho que le hayas insinuado a Novak que le preguntara a Dan, algunas cosas, que ni yo podría haberlo hecho mejor.

Louis había estado hablando en varias ocasiones sobre computadoras cuánticas, con Novak, y había quedado gratamente sorprendido por los conocimientos que manejaba su hijo.

—¡Increíble! ¡Estos muchachos de hoy, vuelan sin nave! —Exclamó Freyja.

—La primera vez que me preguntó qué era la computación cuántica, le dí una explicación sencilla, pensando que no me entendería.

—Bueno, a mí también me gustaría saber de qué se trata. Todavía no me siento tan vieja como para no poder aprender algo. ¿Dime?

—¡Ah pues! Vinimos a descansar y ahora estamos cayendo en conversaciones técnicas.

—¡Qué caray!

—En fin, la computación cuántica es un campo multidisciplinario que une aspectos de ciencias de la computación, la física y las matemáticas, para resolver problemas complejos, y más rápido, que las computadoras clásicas, como la que tú usas. El campo de la computación cuántica incluye investigación de *hardware* y desarrollo de aplicaciones.

—Para mí, es algo nuevo.

—Y lo es. Lo importante debe ser que los humanos podamos volver a combinar las ciencias con las humanidades, idilio que se ha venido quebrando, pero que debemos reclamar para que la ciencia no pierda de vista la función social y los beneficios como disciplina constructora de conocimiento maximizando la relación entre arte y ciencia.

—Se que el saber científico estaba hermanado desde antaño con la filosofía, la literatura y las artes; esa añaduría de valor, se ha perdido.

—Lamentablemente así es. Cuando hablo con Novak, trato de hacerle entender, a pesar de las limitaciones de su edad y conocimientos, que la ciencia debe dejar de estudiar problemas abstractos y dedicarse a maximizar la búsqueda de beneficios para la humanidad.

—Ese campo multidisciplinario que une aspectos de ciencias, al cual te refieres, es importantísimo que Novak lo asimile bien.

—Claro, y así es. A Novak también le pareció nuevo y, mejor que su computadora; incluso me anunció que estaba tratando de construir algo hibrido, empleando un procesador de su computadora normal y un coprocesador cuántico, que le había prestado un profesor, que le permitiría, con el asesoramiento de Dan, un mejor enfoque de las cosas, en lugar de usar solamente una computadora cuántica.

— ¡Eso es increíble, Louis!

—Lo es. Incluso me afirmó que Dan estaba muy interesado en eso, porque le permitiría a él, a Dan, una nueva forma de pensar sobre los algoritmos de optimización y a investigar y aprender, de una manera más eficiente.

—Ten siempre presente que no es bueno tener expectativas en algo sobre lo que uno no ejerce control alguno, y que además desconoce. Recuerda lo que siempre te he dicho: la expectativa surge porque uno cree que el futuro será mejor que el presente. Ese es un mito que se ha asociado, lamentablemente, con un elemento económico, pero también ideológico, el mito de progreso a ultranza. Siempre he creído que los ciudadanos deben tener oportunidades plenas e iguales para aprender y determinar qué oportunidades son de su mejor interés.

—Estamos claros, madre; incluso, algunos amigos mantenemos enormes discusiones en torno a este tema, hay quienes piensan que la solución es seguir avanzando y que las tecnologías nos resuelvan los problemas y siguen creyendo en ese mito del progreso al cual te refieres. Después, están los que piensan que ya no vamos a progresar más y sostienen que no es posible un mayor volumen de progreso sin perder mucho.

—Hay que preguntarse quién está al mando, esa es la pregunta con cuya respuesta podremos cambiar el estado actual de las cosas. Con los humaquis controladores ha desaparecido la moral y la ética, persiguiendo solo el control social que reviste un halo de ética del que carece. Estamos siendo manipulados por un régimen opresor y destructor de la condición humana. Ya no hay nadie velando por los seres humanos ni por el planeta. Es posible vivir un poco mejor sin tener tanto.

—Estamos claros, madre, el problema, como tú dices, es que quienes ostentan el poder, controlan el desarrollo de la ciencia con el fin de perpetuarse en el control. Esa es una materia siempre pendiente.

—Hace años leí una frase que continúa reverberando en mi mente y sigue siendo, como tú también dices, materia pendiente y esta es, palabras más, palabras menos, que un gobierno será legítimo cuando el pueblo sobre el que se asienta considere que sus decisiones y estructura están acordes con la estructura y con la rectitud moral.

—Pero hay que reflexionar bien sobre lo que es el progreso, porque hay muchas personas que creen que la ciencia es responsable del desastre, quienes piensan, sobre todo los que carecen de formación científica, que la ciencia es culpable de los males del mundo. Claro, si no te fías en la ciencia, que se basa en la demostración de aquello que afirma, te puede agarrar a la teoría más delirante o más simpática; de manera, que no todo es malo,

Hoy, no obstante, Louis, aunque humaqui, comprendía que hacer la vida muy fácil, frenaba la creatividad. Todavía se comportaba como un auténtico humano que apartaba a su hijo de los excesos y de la vida semi humana para hacer de él una persona con mejores conocimientos culturales y con sólidas bases de humildad y austeridad.

—En fin, madre, también considero que era una buena idea ir explicándole ciertas cosas a Novak, como, por ejemplo, la muerte… no sé…nadie habla de la muerte, ni piensa en ella. La han quitado de las informaciones que emiten los humaquis controladores porque tal vez piensan que puede impresionar negativamente la opinión que tienen sobre la obsolescencia y la necesidad de renovación de los humaquis y los humanoides.

—Si, además pienso que es preferible que lo sepa por ti, antes que por otra persona. Pero no te preocupes mucho por el niño, este año va a estar muy ocupado con sus nuevos compañeros. Es un muchacho inteligente. Quizá un día vayan todos juntos a revisar los pedazos de humanoides y a tratar de construir uno; ya verás. ¡todo cambia de una generación a otra!

—Así es. Incluso, como potencial humaqui, tener un chip elemental y estar recibiendo educación informática y científica en ciencias forestales, ya hasta diseña sus propios avatares y hologramas.

—Por cierto, menos mal que nunca me ha preguntado por los hologramas, porque no hubiese sabido que decirle.

—Pues sí; es complicado, porque las explicaciones provienen, en su mayor parte, tanto de la concepción realista, como idealista, que uno se hace de la materia, porque esta no se puede reducir a la representación que tenemos de ella y no podemos hacer de ella algo, que produciría en nosotros, representaciones, pero que sería de una naturaleza diferente a estas.

—¿Por qué?

—La materia, para los humanos y para los humaquis, es un conjunto de imágenes que van más allá de la simple existencia de una representación, pero menos que lo que conocemos como una cosa situada a medio camino entre ese algo y su representación.

—Complicado; muy complicado. ¿Pero entonces qué es en realidad la materia?

—En este caso, su concepción sería simplemente del sentido común.

—Si yo me asombro mucho con lo que me estás explicando; imagínate a un muchacho como Novak que es todavía más ajeno que yo a las especulaciones filosóficas. Si se le dijera que su holograma, Dan, que tiene delante suyo y con el cual interactúa, que él ve y siente, no existe más que en su mente y por su espíritu.

—Claro. Quizá, en ese caso, Novak sostendría que Dan existe independientemente de la conciencia que lo percibe. Pero, por otra parte, se sorprendería también, si se le dice que Dan es totalmente diferente de lo que distinguimos en él, que no tiene ni el color que su ojo le atribuye, ni la resistencia que su mano pudiera encontrar en él, porque, en realidad, ese color y esa resistencia están en el objeto y de ninguna manera son estados de nuestro espíritu, sino que son elementos constitutivos de una existencia independiente de la nuestra.

—¡Noo, mijo; muy complicado!

—Si, porque en realidad, un holograma como Dan, es una imagen, pero una imagen que existe en sí y que Novak cree que existe tal como la percibe; y puesto que la percibe como imagen, hace de Dan, en sí mismo, una imagen íntima con la que se conecta e interactúa como si fuese un ser humano real.

—Bueno, soy de una época más realista y estoy más acostumbrada a los objetos materiales, que a la virtualidad.

—Te entiendo, madre. Es difícil hacerse de la idea de que la relación de lo mental a lo cerebral no es una relación constante ni simple.

—Se más de los humanos la muerte natural y la muerte asistida, que de desconexiones y obsolescencia de máquinas humanoides.

Permanecieron un momento en silencio.

—¡La muerte natural no es enemiga!

Esta vez, ella permaneció en silencio e hizo con la cabeza un ademán de asentimiento y se quedó pensando en que los humanos habían cambiado y ya muy poco los unía a la naturaleza, porque el desarrollo compulsivo de la eficiencia y los avances tecnológicos, crearon a los humaquis, considerados humanos avanzados y próximos a los humanoides.

—¿Por qué tanto misterio con esas cosas, dime Louis? —le preguntó su madre, con una voz que sonaba un tanto preocupada. —¿Qué vas a hacer?

—Estoy tratando de que Novak vaya entendiendo algo de la vida. También trataré de que conozca la historia antigua de los humanos no modificados y como nos hemos venido convirtiendo en humaquis, en puentes hacia humanoides.

—¿Por algún motivo especial?

—No —Y esa vez tuvo que esforzarse para hablar con calma. El niño había estado espiándolos, como siempre los había espiado y vigilado—. No creo que lo que le he estado explicando pueda hacerle daño.

—Por muy objetivo que te parezca, todo eso tiene un sesgo ideológico que condiciona las decisiones de quienes ostentan el poder. Esto sí es exclusivamente humano y no se puede entender sin una buena educación.

—Ahora más que nunca es necesario que él vaya adquiriendo un pensamiento crítico; que aprenda a cuestionar lo que se presenta como incuestionable; mirar más allá de lo evidente.

—Lo sé. En el fondo es lógico, pero existen otras fuentes confiables, las de los auténticos expertos, muy distintos a los humaquis controladores, que crean y difunden información para configurar nuestro pensamiento y predeterminar nuestras preferencias. Además, con tal de conseguir sus objetivos y asegurar la gobernanza parcializada, difunden noticias falsas; incluso, tergiversan la historia y diseñan a su conveniencia una supuesta realidad.

—Así es; incluso hoy no es fácil explicarle a un niño, que el mundo es resultado de la evolución de un impulso vital único y original, que se va multiplicando y bifurcando, que irrumpe sobre la materia portando distintas trayectorias con fuerzas vitales moldeadas por los humanos.

—Pero el hombre es, de todos modos, una más de las expresiones de la materia.

—Si, pero no tengo duda en que él no será el resultado final, sino un puente, como sostuviste tú, entre el hombre y los humanoides.

—Un puente en movimiento que podrá ser destruido por el mismo impulso vital que lo ha creado, o peor aún, por los humanoides.

Louis estaba convencido de que una persona no era capaz de gestionar toda la información que le llegaba y que la saturación producía desinformación y dificultaba distinguir lo verdadero de lo falso; sobre todo, si los contenidos que se reciben han sido preseleccionados por los que ostentan el poder, quizá lo que parece tan objetivo no lo sea tanto.

La noche caía; el otoño estaba muy entrado y hacía frio. Permanecieron un rato más, pero no hablaron.

La luz de las estrellas iluminaba el patio. Louis agarró su cerveza con mano trémula y le dio un largo trago, alzó la vista hacia el firmamento, esta vez, centrando sus pensamientos en el futuro.

Su madre aspiró con fuerza el frio aire nocturno. Espantaba el viejo físico y frecuentemente, la mayor parte de los días, seguía siendo muy cariñosa y con una efusión de ternura que abrumaba a su familia y les hacía pensar que en el mundo no había mejor persona que un humano sensible y afectuoso. Se recostó en el sillón, permaneció inmóvil pensando, tal vez, en asuntos lejanos y remotos; meneó la copa de vino y se tomó un trago saboreándolo lentamente. Estaba consciente de que el acceso masivo a la tecnología respondía a algo tan sencillo como el interés de los controladores por mantener el poder. Se dieron las buenas noches y se retiraron a sus habitaciones.

Capítulo 5

Freyja ya tenía setenta y cinco años, el pelo encanecido y, aunque seguía caminando erguida, miraba el mundo a través de densas cataratas. En su juventud había sido una mujer a la que todos volteaban a mirarle, en la que no se podía dejar de pensar, sobre la que no se dejaba de desear. Fue una mujer de elevada estatura y esbelta; de abundantes cabellos, casi negros, rostro de bellas facciones y fuerza de expresión, con cejas bien marcadas y ojos intensamente negros. Una mujer pulcra, perspicaz, organizada y resuelta.

Cuando ella llegó a los setenta años, se había convertido en la cabeza de la familia. Era una persona excepcionalmente querida por los humanos y por muchos humaquis, y sus opiniones seguían siendo interesantes e irrevertibles y tenía un alma joven.

No obstante, el mundo que Freyja conocía, había estado extinguiéndose aceleradamente. Cuando la muerte de su marido fue inducida por los controladores, quedó sola al cuidado clandestino de la casa, rumiando recuerdos y atesorando esperanzas y libertad, hasta que, cuando parecía que había tocado fondo, las desgracias se multiplicaron y, en los momentos en que se sentía abatida, se encerraba en un sótano, en una especie de *bunker*, ocultando valientemente los recuerdos de la raza humana que le proporcionaban una pequeña satisfacción.

Anhelaba las tardes, las cenas, el frío y el aliento de las lluvias tempranas, que representaban su tierra, su juventud y su pasado. Fue testigo de ese mundo que se hundía, aunque las glorias pasadas no fueron más que modestos logros personales que nunca pasaron a la historia.

Una mujer, que, aunque de muy avanzada edad, o con un lugar como su casa, aunque su hijo Louis viviera casi todo el tiempo lejos de ella, en la otra punta del planeta, no hay duda de que detrás realizó mucho trabajo de excepcional talento y supo ayudar como nadie, en la clandestinidad, y era testigo de la decadencia de la raza humana, incluso del planeta. Es más, con gran economía de medios, describía, a los pocos humanos que conocía, el esplendor de los grandes tiempos pasados y la tragedia de su decadencia.

Así se fue extinguiendo su vida, la edad no le permitió ser demasiado operativa, el amor y la lealtad no fueron valores en alza en ese tiempo, y pensaba que ya no tenía nada más que ofrecer a los humanos que ella refugiaba. Permaneció confinada en sus nostalgias y tratando de salvaguardar los valores morales, caracteres, costumbres, hechos pasados, situaciones sobrevenidas y otros datos relevantes cercanos a los humanos.

Con frecuencia, por las tardes permanecía un par de horas en las afueras, cerca de la casa, sin propósito aparente ni destino, sólo por el simple placer de recorrer el bosque y los senderos de montaña, un santuario que albergaba búhos, colibríes y halcones, hogar de millones de mariposas.

Mezclaba la música con la literatura, la sensibilidad de la naturaleza, las sensaciones y la experiencia de quien se comunica consigo mismo. Las oscilaciones de la creatividad y la búsqueda de lo humano, caracteres que aún parecían ser compartidos por algunos humaquis, para los que también la filosofía, la música y la literatura, eran los vehículos que los convertían a sus códigos, integrándolos con naturalidad, siempre, claro está, que los controladores no los hayan predispuesto a repelerlos.

No obstante, se había convertido en una mujer cada vez más solitaria, con menos energía y llena de silencios caprichosos de inesperada duración y empujada a recordar y a resistir los cambios. Serena y tamizada, por la decadencia que imponía su vejez y el peso de lo vivido, un proceso que es imperceptible hasta que no se observa con una perspectiva amplia; un suave descenso que embalsa recuerdos no manipulados por los humaquis controladores y la presión social. Certezas, errores, realizando todo ello un caudal de profundas reflexiones acerca de la condición humana que fluía con lentitud hacia algo inconcreto pero cierto, su transformación hacia humaquis y su desplazamiento por los humanoides.

Su escepticismo maduró con el tiempo. Aprendió lo que pudo esperar de la vida; qué deseaba, de qué debía apartarse y por qué. Sin cortapisas, se acostumbró a dar rienda suelta, con la mayor crudeza, a su imaginación, así como al señalamiento de los defectos y vicios. Fue crítica con la tecnología que, según ella, desquiciaba a los humanos cuyas vidas habían perdido toda esperanza y, en particular, con la conducta de los controladores. Poco a poco, lo que veía era humanos que cada vez ocupaban un espacio más reducido y miserable; humanos que, aunque sufrían las inclemencias de los controladores, se iban adaptando, pero cuando estaban frente a frente eran enemigos, y, en esas circunstancias, tan malo es sublevarse como inhibirse; observar, incluso espiar, acercarse o alejarse según conveniencia, mimetizarse a veces y hasta participar en la acción según convenga.

La fisonomía de las ciudades había cambiado; la autoridad era otra, la crueldad e insensibilidad de los nuevos individuos y las reacciones que desencadenaban en los miembros de la comunidad, el contagio inminente, la exasperada selección de los más válidos, los retrataban. Es entonces cuando la intriga cobraba protagonismo y la pasiva serenidad cedía paso a una acción sin objetivo definido que podía acabar de mil maneras inesperadas. Era un mundo triste y lúgubre, un lugar de conductas estrictamente reguladas y de relaciones dirigidas y supervisadas por los humaquis controladores y los humanoides, acorde a un código de conducta estricto e invasivo. Una sociedad donde el contacto o el interés hacia los demás no era bien visto, incluso eran prohibidas las relaciones entre algunas razas.

Freyja se negaba a abandonar la casa, a pesar de los ruegos de su hijo, de su nuera Mirai y de su nieto Novak.

—Este sitio ya no es bueno. Un día de estos se nos va a caer encima —en vano, le decían.

La voz de Freyja se endureció.

—De Acá no me saca nadie. Aquí nací yo, mi hijo y mi nieto. De acá salgo muerta, tal vez aplastada por las paredes —rió brevemente, con una risa forzada—. No crean que estoy perdiendo el juicio. He pensado en eso a veces, también... con razón.

Unos días después, Louis llegó muy preocupado a la casa.

— ¿Qué te ocurre? —le preguntó Mirai.

—Un humaqui compañero me anunció que se había ordenado a un escuadrón de policía, que realizaran una inspección en la casa y llevaran a Freyja al centro de desintegración.

—Pero, ¿por qué?

—Pues porque ya había superado la edad para ello.

Louis tenía el entrecejo fruncido; caminaba inquieto y pensativo, de un lado para otro. La noticia fue como un mazazo. Se negaba a admitir que ese día había llegado. Quedó anonadado. A Mirai, al enterarse de lo que pasaba, el pavor le dio un vuelco al corazón y, levantándose de un salto, se soltó a llorar. No había imaginado que esa situación se diera tan pronto. Sin embargo, resultaba sorprendente que hubiesen esperado casi un año para buscarla.

—¡Freyja...!

—Eso ya lo sabía —aclaró Freyja—estoy preparada. Ahora quiero dar un paseo por el bosque y respirar aire fresco. Quiero meditar.

Aunque aparentemente no se había sorprendido, se sintió vulnerable. Estaba devastada; había desaparecido aquella inquebrantable seguridad en sí misma, y Mirai, a pesar de que se daba cuenta de que estaba inquieta, se preguntó cómo podría mostrarse tan pasiva con semejante noticia; pero sabía, de sobras, que era una mujer fuerte y muy lista.

Y, aunque no deseaba huir, Freyja sabía que no tenía alternativa y terminó aceptando que, lamentarse, no valía de nada.

—¡Pero no te puedes ir así, sola! —Exclamó Mirai, con la voz entrecortada.

—Solo quiero dar un paseo. ¿Dónde está Novak?

—Está estudiando arriba en su cuarto. Iré a buscarlo.

Mientras Mirai subía en busca de Novak, Freyja fue a su habitación y preparó una pequeña maleta de espalda. No quería que la detuvieran en la casa, delante de Novak. Tampoco quería que se compadecieran de ella. No lo soportaría. Era una decisión concienzuda, reflexionada desde hacía mucho tiempo.

Se apresuró a salir y, antes de que Mirai regresara, escondió la maleta en el jardín. Al cabo de un rato,

Mirai bajó y le manifestó que Novak estaba profundo y no quiso despertarlo.

—No te preocupes, solo saldré a dar un paseo, para aliviar mi estrés. Nos vemos luego.

Contraviniendo los ruegos de su nuera, salió. Aunque Mirai sabía que Freyja no cambiaría de idea y que jamás vacilaba, le gustaba mantener en secreto sus planes y, cuando tomaba una decisión la ejecutaba.

Cuando Novak se enteró de que su abuela había salido de viaje, se encerró en su dormitorio. Mirai entró y se sentó en la cama, a su lado, lo abrazó, le pasó una mano sobre la cabeza, lo acarició y lloró. Novak, poco a poco, fue tranquilizándose y sus sollozos se tornaron menos dolientes, las lágrimas dejaron de recorrer su cara y el cúmulo de emociones empezó a calmarse.

—La abuela se ha ido. —Las lágrimas asomaron en los ojos y rompió a llorar nuevamente.

Mirai lo abrazó.

—Tranquilo, tranquilo, mi amor —le recomendó, abrazándolo de nuevo.

Después de un rato, Novak se tranquilizó, pero continuó sollozando en sueños hasta que finalmente se sumió en uno profundo. Ninguno de los dos se imaginaba que a Freyja le quedaban pocos días de vida.

Capítulo 6

Una semana después llegaron a la casa tres emisarios del gobierno, y no la encontraron. Decidieron empezar la búsqueda, la cual era más laboriosa, debido a que Freyja no tenía chip, con el cual hubiese sido fácil dar con su ubicación inmediatamente o indicarle a la inteligencia artificial, que le indujera la muerte cerebral.

Los humaquis y los humanoides, que la buscaban, se habían visto obligados a detenerse cada cierto tiempo para determinar nuevas rutas propuestas por los satélites, que a cada momento detectaban animales de sangre caliente.

Todas las búsquedas resultaron inútiles.

El bosque estaba prácticamente deshabitado… producto de la paulatina disminución de la población de la tierra, que era de 757 millones, compuesta por unos 23 millones de humanos no modificados y el resto humaquis. Esa drástica disminución había sido originada, en gran parte, por las guerras, en especial aquellas que permitían controlar los espacios terrestres cercanos y los espaciales; pero también, paralelamente, tenía el propósito de preservar los recursos naturales que se estaban agotando más rápido de lo que la naturaleza podía reponerlos. Lo cual en parte contribuyó, a criterio de los humaquis científicos, a la aceleración del ritmo, profundo y constante, del desarrollo de diversos modelos de las capacidades de la inteligencia artificial, basados en código abierto, que interactuaban con alta precisión con el mundo físico, a través de sistemas robóticos que daban lugar y perfeccionaban, a pasos agigantados, la singularidad y generación de humaquis y humanoides, así como a otros sistemas operativos y autónomos con altas capacidades, independencia y eficiencia en la toma de decisiones y capaces de llevar a cabo ataques a los medios electrónicos y a máquinas inteligentes.

Estas inteligencias artificiales prácticamente desarrollaban todas las tareas manuales e intelectuales, al alcance de los humanos y de los humaquis, a quienes superaban en memoria, razonamiento y ejecución de tareas complejas que requerían múltiples y precisos pasos de planificación y rápida ejecución que obedecían a un software escrito por programadores, casi siempre humanoides sin valores morales.

Encontrar la ruta hacia las cuevas era difícil; Freyja tenía muchos años sin ir a ese lugar; no obstante, su actitud era firme, y se mostraba tranquila y segura.

Por horas recorrió el bosque, hasta que, por fin, en medio de un pequeño valle, al pie de una empinada ladera, encontró a una mujer de unos cincuenta y tantos años, en una pequeña casa casi oculta entre los árboles del bosque, construida con piedras, tierra pisada y paja; una construcción austera, que lucía bella e imponente.

La mujer tenía el pelo entrecano y el rostro marchito; no obstante, lucía bastante saludable y parecía que había escapado para no cumplir, a los ojos de los controladores, la edad reglamentaria, o siempre había vivido en el bosque. Parecía asustada. Al preguntarle por las cuevas, la mujer, con el dedo, le señaló el camino hacia el noreste. Freyja siguió con la vista la dirección que la mujer había indicado.

—Atraviese el bosque y como a unos cuarenta kilómetros, una buena jornada a pie, como de un día, encontrará las montañas. El camino es largo y accidentado; así que me gustaría ofrecerte algo de comida.

—¡Oh, gracias; muchas gracias!

—Con mucho gusto.

—Muy amable, gracias —respondió echando un vistazo a su alrededor para asegurarse de que no había nadie más.

Freyja parecía muy cansada. La mujer la invitó a pasar. En el interior de la casa, Freyja apreció varias esculturas talladas en piedra y otras en madera; todas muy bellas e interesantes, también, en algunas paredes colgaban cuadros con pinturas. Todas estas expresiones artísticas, dotadas de imagen, ritmo y belleza formal, habían sido realizadas por el marido, según la mujer le contó más tarde.

Se sentaron a hablar mientras caía la noche y se iba haciendo la sopa. Había pasado muchos años sin recibir visitantes. La invitó a sentarse en la pequeña mesa. A Freyja le quedaban pocas horas de vida. Se tomó la sopa con avidez y le pareció más sabrosa que la que se preparaba en su casa: la mujer le había añadido pedacitos de carne oreada de venado y luego sirvió otra carne de cacería y varias verduras.

—¡Deliciosa! Pero me da pena; no me gustaría mermarle sus provisiones.

—No se preocupe; por acá abunda todo —respondió llena de orgullo.

—¿Cómo se las arreglan?

—El bosque nos da cuanto necesitamos, siempre que nos andemos con cuidado y almacenemos suficiente carne oreadea de cacería, pescado ahumado y vegetales —aunque ya no soy lo que era hace unos años, nos va muy bien, porque llevamos una vida sencilla y frugal.

—Has construido una casa magnífica.

—Bueeeno, sí, gracias —enarcó una ceja—, fue suficiente para mi marido Zack, mi hija Zora y para mí. Por cierto, me llamo Anna, ¿y tú?

—Soy Freyja —contestó enseguida y pensó que todo el mundo podría vivir de esa misma manera y ser perfectamente feliz.

Anna encendió una lámpara de aceite de grasa animal y avivó el fuego de la chimenea. Sus llamas proyectaban un fuerte resplandor que era suficiente. Zora permaneció en silencio durante toda la comida, luego se levantó, deseó las buenas noches y se retiró.

Freyja quería seguir su camino, pero a ruego de Anna, convino en pasar la noche en la casa y se sentó con ella a conversar a la luz de la hoguera. Anna le contó que su marido había muerto hacía unos cinco años y desde entonces vivía sola con su hija, una niña que escribía muy bien y le gustaba leer mucho, al igual que su padre y a ella, y era una magnífica cazadora y cocinera, habilidades que le producían alegría.

La charla se prolongó por horas. Aquella extraordinaria mujer, Anna, la tenía gratamente desconcertada. Parecía sabia. Para ella, la conciencia era más un crear que un conocer, aspectos que diferenciaban, según ella, al ser humano de los humanoides. Para ella, la conciencia era el vitalismo; la capacidad de pensar y crear sin interrupción, sin dejar de lado los valores morales y el sentido común.

Poco a poco, Freyja sintió relajarse. Se dieron las buenas noches. Permaneció despierta durante largo rato, desvelada por la preocupación y, luego de que se consumieron las velas de cebo animal y junco, se sumió en un profundo sueño.

Por fin el alba rompió la noche. Freyja despertó con el canto de las aves y, sintiéndose feliz, vio que ya amanecía, porque la casa se estaba inundando por unos tenues rayos del sol naciente que se filtraban por las rendijas de las ventanas, bañando su rostro.

Todo estaba en silencio. Fue hasta la puerta, miró en derredor y vio que Anna estaba afuera junto a un cristalino arroyo. El amanecer le pareció hermoso.

Freyja había tenido la oportunidad de recuperar fuerzas y estaba dispuesta a partir y continuar el camino, pero Anna le informó que la luz, aunque débil, era clara y que el cielo se estaba encapotando presagiando lluvia. Que era mejor anduviera de noche, para que los satélites no la detectaran fácilmente. Freyja estuvo de acuerdo. Finalmente, una tormenta se precipitó y continuó durante casi todo el día, lo cual las mantuvo dentro de la casa.

—Tengo muchísimos años sin hablar con alguien diferente a mi hija.

En efecto, cuando Anna aún era muy joven, mataron a sus padres, por haber alcanzado el límite de edad.

—Por algunos años, disfruté de la compañía de mi marido, el padre de Zora, pero también a él lo desintegraron los humaquis controladores. En fin, cuéntame por donde anda el mundo.

—Son tantas cosas, Anna. Seguramente ya sabes que esa sociedad que dejaste, ahora está altamente avanzada y se basa en marcadas diferencias genéticas.

—Me figuro que eso permite a los controladores, un mayor abuso del poder.

—Si, así es. Hoy, esta sociedad ha sido forzada a ser hiperproductiva y cualquier actividad ha quedado supeditada a los controladores, que exigen altísimo rendimiento, unos estándares de desmedida rentabilidad, equivocada utilidad y provecho. Nada se hace sin que ello signifique un beneficio determinado para los humaquis controladores, en detrimento de la libertad de los seres humanos.

—Si; comprendo. ¿Entonces somos prisioneros a quienes, bajo un supuesto bienestar y progreso, le quitan todo aquello que pertenece a prácticas y formas de libertad, como la emoción, el juego y la comunicación?

—Así es. La explotación y el control, de esa supuesta libertad, genera el mayor rendimiento; fundamentalmente, porque es una especie de esclavitud que poco a poco nos ha venido llevando a los seres humanos a asumirla y a sucumbir ante las exigencias de un rendimiento insólito que nos empuja a un sometimiento del que no nos podemos liberar, salvo que queramos quedarnos atrás y ser exterminados. Hoy cada uno de los seres humanos, para sobrevivir, debe explotarse a sí mismo.

—¡Fuerte; muy fuerte!, ¡Terrible!

—Por ejemplo, Anna, destinan a cada individuo al lugar que ellos consideran más conveniente a sus intereses, mediante una jerarquía social, como tú sabes, en humanos sin alterar, humaquis y humaquis controladores, que son los que gobiernan, mantienen el poder y se sustentan en cada vez más humanoides, dotados de una poderosa inteligencia artificial.

—¡¿Hasta dónde hemos llegado?!

—Hoy, la felicidad es una promesa, pero inalcanzable; una especie de adquisición de capital que nos permite, por su parte, ser o hacer esto o aquello, e incluso conseguir esto o aquello, generando la idea de que la proximidad relativa a las normas de ellos, los controladores, contribuiría a alcanzar lo que ellos llaman felicidad.

—Pero sin dar el tiempo que la vida exige.

—Sí; ese tiempo del camino, del tránsito, del itinerario o del paso; ese tiempo que ha sido eclipsado por la tiránica inmediatez, por el presentismo y por una vida en presente continuo, en un no-tiempo, en tanto que cualquier instante es un ahora despótico que contiene su propia exigencia; un tiempo en el que no cabe la dilación, ni la esperanza.

—Bueno, ¿y qué hacen con los niños?

—Son condicionados, desde muy pequeños, usando técnicas de sugestión mediante sueños inducidos y mensajes subliminares.

—¿Y a los adultos?

—Excepto el vino, ya no se ve el alcohol; ahora hay drogas de consumo obligatorio, desarrolladas por los científicos a su servicio y consideradas menos dañinas, tranquilizantes, alucinógenas y placenteras. Sin embargo, el uso está regulado y es objeto de restricciones.

—Nosotras seguimos haciendo nuestro vino. Es uno de los placeres arcaicos que mantenemos. Mi marido siempre decía que el vino desempeñaba el rol de ser conector entre lo divino y lo humano.

—¡Y así es! ¡Qué bueno; maravilloso! ¿Cómo lo hacen?

—Las parras y los morales son prácticamente silvestres; lo demás, no tiene misterio.

—Siempre fue y ha permanecido aun, como un símbolo cargado de significado espiritual a lo largo de nuestra vida, subraya su poder para liberar al individuo de las inhibiciones cotidianas y facilitar una conexión más profunda entre los humanos.

—Concuerdo contigo; para nosotras siempre ha sido una bebida de alegría y celebración, que nos permite alcanzar estados de conciencia y conexión espiritual.

—¿Deseas probar nuestro vino?

—¡Me encantaría!

Bebieron y continuaron la conversación, ahora más animadas.

—¿Y, como va eso de los chips?

—Insertan en el cerebro, diferentes tipos de chips.

—¡Ah, pensé que los uniformizaban!

—No, el chip, varía dependiendo de lo que ellos estén buscando; por ejemplo, para eliminar los genes arcaicos e indeseados, con el propósito de perfeccionar, a su criterio, a los humaquis.

—O sea nadie es libre.

—Claro. Ya no hay libertad. Lo que existe es una especie de aberración, que, en cierta medida, favorece a los controladores, porque las personas tienen una gran libertad sexual y sueñan despiertos bajo la influencia de las drogas, las redes sociales, el metaverso, los avatares y los hologramas.

—Vas a tener que explicarme esos términos.

—Es complicado, pero se trata de inteligencia artificial controlada por el gobierno; incluso, cada vez más, por humanoides.

Los humaquis
Entre humanos y humanoides

La inteligencia artificial nos ha acercado a predicciones y temores que antes parecían exagerados o muy lejanos.

—¿Por qué?

—La principal razón es la enorme concentración de poder tecnológico en manos de muy pocos.

—Pensé que el reto era solo político.

—No, de ninguna manera; porque ese propósito político lo consiguen mediante el control tecnológico. La carrera por el desarrollo tecnológico es para asegurar el control del poderío militar y, por ende, el político. En el fondo, es una carrera sustentada por el miedo. Nuestras formas de vivir y pensar; las decisiones de vida y muerte la toman los controladores, de manera autónoma.

—Ahora, ¿la libertad sexual se da entre los humanos y humaquis, solamente?

—No; cada vez es peor, porque también se da entre humaquis y humanoides, y es más virtual. Ese es el objetivo de los controladores. Hoy, los humanoides y los hologramas son la principal compañía de los humaquis. ¡Ah, bueno!, y no te he contado que ya la mayoría de las mujeres no quieren salir preñadas y prácticamente todos los niños están naciendo por medio de fertilización in vitro. Así que ya te imaginas el componente genético que se está buscando.

—Pero los humanoides podrían dejar de ser amigables, incluso para los mismos controladores.

—Me temo que así sea. El desplazamiento por parte de las inteligencias artificiales ha venido notándose en todos los ámbitos; sobre todo en el trabajo. Hay abundancia, es cierto, y la renta que tienen los humaquis es suficiente para vivir; y prácticamente es igual para todos, excepto para los humanos no modificados, que es considerablemente inferior.

—¿Pero esas inteligencias artificiales siguen siendo positivas para los humanos no modificados y para los humaquis no controladores?

—No. Su diseño está vinculado a un paradigma de Estado para que el gobierno ejerza un control absoluto sobre su población y que dote a los humaquis controladores de un poder hegemónico y que se apoye en la capacidad de las corporaciones, que desarrollan un mercado basado en el egoísmo, los deseos y los anhelos más inconscientes.

—Pero supongo que hay humaquis más cerca de los humanos, que piensan en otro tipo de inteligencia artificial.

—Por supuesto, pero son los menos. No obstante, a nivel teórico, los controladores vienen diciéndonos que su objetivo es humano-céntrico y ético.

—Esa sería la clave: incorporar las dimensiones éticas.

—Así debería ser, pero hasta ahora no han incorporado las dimensiones éticas que den a la inteligencia artificial ese componente humanista que la aleje de lo distópico.

—Entiendo que la inteligencia artificial, en muchos aspectos ha ido más allá de ser una herramienta destinada a realizar trabajos complejos.

—Hasta hace unas décadas esos trabajos complejos solo los podían hacer ingenieros, artistas o programadores. Su avance, no lo puedo negar, ha ayudado a los seres humanos a alcanzar un grado de sofisticación elevado como, por ejemplo, la capacidad de leer el pensamiento de una persona, reproducir la actividad cerebral y desarrollar interfaces cerebro-ordenador capaces de descodificar el lenguaje continuo a través de métodos no invasivos de los pensamientos, lo cual ha permitido a los controladores dejar con vida a algunos humanos de su importancia, que pudieran discernir eficazmente.

—No obstante, ese tipo de cosas lucen preocupantes, porque invaden la privacidad mental y que ella sea utilizada por los controladores, con fines perversos.

—Claro. Nosotros queremos que los humanos y los humaquis, la empleemos cuando queramos y nos ayude.

—Freyja, has acudido al lugar adecuado para dejar de huir y vivir acá el tiempo que desees. Me gustaría que te quedaras a vivir conmigo. Estarás a salvo, podrás vivir con más pausa y autocontrol, saboreando cada instante de vida.

Freyja, por un momento acarició la idea de quedarse a vivir con Anna; no obstante, siendo sensata, sabía que no era conveniente para la seguridad de Anna y de Zora.

—¡Oh, gracias, Anna!, pero no descansarán hasta encontrarme, porque estoy censada por ser madre de un humaqui, tengo un nieto y mi nuera, todos dotados de chip y, por mí, te encontrarán a ti, así no estes censada —Freyja temió por la seguridad de Anna—. No voy a permitirlo.

—Tal vez tengas razón, no había pensado en eso, pero me hubiese gustado que te quedaras.

—Gracias, Anna; a mí también. Me siento afortunada de haber compartido contigo.

Cuando Freyja se despidió, nunca más la volvería a ver. El día había empezado a declinar y como a las cinco de la tarde, la lluvia había cesado, pero el cielo estaba oscuro y encapotado, fue tornándose cada vez más gris. Al oscurecer, ya hacía buen tiempo para viajar, y así fue. El suelo estaba húmedo, pero el viento había cesado y el cielo estaba completamente despejado, se iba iluminando y se alcanzaba a ver las estrellas. El camino se curvaba a través de un trecho de bosque y terminaba al pie de unas colinas. Se sentía cansada. La edad reclamaba fuerzas; no obstante, su tenaz voluntad la arrastraba. Con el corazón en la boca y con enormes ansias de lanzar gritos para aliviar su tensión, empezó a subir las colinas.

El cielo empezó a encapotarse nuevamente, el ambiente se tornó húmedo y neblinoso y un viento gélido barría las colinas. Sintió que unas gotas le caían en la cara y levantó la vista al cielo. Estaba empezando a llover y Freyja temía que la tenue lluvia se convirtiera en aguacero. Sus pies empezaron a entumecerse y el tiempo se ralentizaba. Solo oía el eco de sus pisadas. Las huellas de su calzado quedaban marcadas sobre el barro. Cada paso era único y lo sentía como si fuese el último, y una sensación de desolación fue apoderándose de ella. Pensó que se desmayaría a menos que se sentara a descansar un rato. El silencio era sepulcral. Ni gruñido o cantos de aves o ranas. Eso la calmó. Reinaba una paz absoluta y todo parecía cubierto por un manto de silencio, y eso, al menos la hacía sentirse segura. Amanecía. Había transcurrido una noche entera y pensaba que estaba en camino hacia una nueva existencia. Los pensamientos la invadían:

<<He tenido unas ganas enormes de vivir. La conversación con Anna, fue fluida y reconfortante; las ideas encajaron bien. Alrededor de su casa, los

sonidos de la naturaleza fueron hermosos; me encantaron los gorjeos de los pájaros, el chirrido de los grillos y el espléndido olor de las plantas y las flores.

Disfruté uno de esos amaneceres que prenden el cielo en llamas, pintando a las nubes de todos los colores que me gustan y, mientras bebía con Anna el primer sorbo de té, pensé que todas las mañanas deberían ser así y que tenía que absorber todo lo posible ese momento, disfrutarlo antes de que se acabara; ser consciente de ese instante de belleza melancólica, porque lo sabía y lo sé, es efímero, pero hasta que suceda, algo que empieza a suceder en el mismo momento en que lo pensaba, fue mío. Pero sabía que no podía forzar las cosas; no podía arriesgar la vida de Anna y Zora. Soy así, no puedo aferrarme como sea a lo bueno y forzar que vuelva. Supongo que el fallo es creer que esas mañanas son a lo que debo aspirar, porque ese intento de atrapar la última esperanza de seguir con vida, de repetir los mismos pasos en el mismo orden, no funcionará nunca más. Esta mañana ha sido un momento perfecto por el que estoy agradecida y nada más. Porque cualquier intento de reproducirlo está condenado al fracaso y, romantizar el incierto futuro, traería consecuencias negativas para otros seres. Poco mérito hay en circular por un terreno que es cuesta abajo. Este bosque es maravilloso, es cierto, cura, pero recuerdo los motivos para hacerlo. No obstante, es bueno disfrutarlo mientras lo tenga en el camino, este en el estado en que este. Esta travesía ha sido genial, porque me ha ayudado a cruzar los inevitables desiertos tras los que tengo muy poco tiempo para recorrer; momentos fugaces para recordarlos ahora y perderlos, tal vez hoy, cuando de nuevo trate de atrapar otro amanecer>>.

Capítulo 7

A primera hora de la mañana, Louis se despidió de Mirai y emprendió a pie el largo camino en busca de su madre.

Pese a su resolución, Louis, quien más tarde llegó a lamentarlo, no pudo evitar que su hijo lo acompañara, pues Novak fue tras él y pronto le dio alcance. Ahora, Louis lo vigilaba muy de cerca, mientras caminaron varios días por aquel intrincado bosque, en busca de Freyja, a quien suponía que se había dirigido a refugiarse en las cuevas, aquellas que Louis una vez visitó con su padre, y que, después de esa primera visita, había regresado al bosque con relativa frecuencia, acompañando a su madre.

Louis acusaba la larga caminata atravesando los senderos encharcados, debido a las continuas jornadas de lluvia. El tiempo mejoraba a intervalos. Los charcos brillaban con el sol intermitente y, los pozos dificultaban enormemente el caminar.

Hablaron poco. La fuerte jornada pesaba sobre sus cuerpos y espíritus. Ninguno de los dos se había sentido tan agotado y decidieron pasar la noche bajo un frondoso sauce llorón, cerca de un riachuelo.

A la mañana siguiente, siguieron caminando y casi al finalizar la tarde, llegaron a una hondonada, para luego empezar a subir nuevamente por una ladera y, a media mañana, terminaron su ascensión, torcieron de repente hacia la izquierda, y del otro lado de un arroyuelo turbulento, que, para atravesarlo, había que utilizar un troco lleno de musgo, que podía servirles de puente. Eso fue lo que hicieron Louis y Novak.

El camino se estrechó hasta convertirse en un pequeño sendero áspero que más adelante desapareció entre el bosque. Louis presentía que no conducía a ninguna parte importante, pues se encontraron con una ancha y profunda zanja. Novak, temeroso, se acercó al borde. Estaba demasiado ancho para saltar sin caer en él sin hacerse daño. Louis le advirtió del peligro, pero fue demasiado tarde y, aun cuando intentó agarrarle por un brazo, Novak perdió el equilibrio. Por un momento permaneció con un pie en el borde del escarpado barranco y el otro en el aire, agitando los brazos en un intento de equilibrarse. Louis le aferró el brazo, pero el otro pie de Novak, también se desprendió de la orilla y, aunque Louis, aún, era joven y fuerte, en ese momento parecía estar ejercitando unos músculos que no había utilizado jamás, de manera que se le fue deslizando y Novak cayó en la zanja. Se oyó gritar. Aterrizó pesadamente sobre el costado izquierdo de su cuerpo. El impacto fue brutal. Tuvo la mala suerte de golpearse la cara con una piedra. Por un instante, se le fueron las luces y todo le quedó en confusa oscuridad.

Al abrir los ojos, trató de incorporarse, pero no pudo y vio que su padre se encontraba jadeando y tirado a su lado sobre el suelo fangoso. Al cabo de un rato parecieron recuperarse y Novak, arrastrándose y con la ayuda de su padre, logró ponerse en pie y pudieron salir de la zanja.

Novak no podía mover el brazo izquierdo y tenía insensible el lado izquierdo de la cara. Estaba mareado y, aún aturdido, se sentó por unos minutos y, cuando se sintió un poco recuperado, se puso penosamente en pie y, a medida que desaparecía la insensibilidad, empezaban los dolores por todo el cuerpo.

No obstante, aunque adoloridos, continuaron el viaje. El camino descendía suavemente, delante de ellos, formando una larga curva y, poco antes de llegar a las cuevas, Novak pudo distinguir el cuerpo de su abuela y Louis vio lo que él había visto.

Nadie lo había preparado para la conmoción que sufrió al ver a su abuela que yacía en un lodazal.

Lanzó gritos de terror y una exclamación ahogada que pareció quedar flotando en el aire:

—¡Mi abuela está muerta!, mi abuela está muerta!

No tenía signos de violencia. El olor de la descomposición del cuerpo de Freyja, estaba volatilizado y era casi insoportable. Tal vez debía tener unos tres días de muerta. Los animales carroñeros le habían comido partes de su cuerpo.

—¡¿Por qué, por qué?! —gritaba Novak seguido de apagados sonidos guturales, sollozos ahogados y áspero jadeo, mientras su padre permanecía junto a él, observando su rostro desencajado, su cuerpo convulsionado y dando golpes en la tierra con sus puños apretados.

—Debemos conservar la calma. Debemos conservar la calma, Novak. Debemos conservar la calma.

De hecho, Louis, como pudo, por un momento se calmó, pero no se aguantó y, sacudido por grandes sollozos desgarradores que llegaban de lo más hondo de sí mismo, perdió el control y cayó de rodillas frente al cadáver de su madre.

Novak continuaba devastado. Louis, que ya mostraba un semblante sereno, se incorporó e intentó tranquilizarlo, rodeándolo con sus brazos y, dándole palmaditas en la espalda le dijo:

—Tranquilo, hijo; tranquilo.

—Me siento bien —respondió Novak con tono reposado, pero su serenidad era fingida. No estaba tranquilo; tampoco lo estaba su padre.

—Freyja no era humaqui y ya había llegado a su edad como humana no modificada. Hablaremos de esto después. Voy a reportarla y luego la enterraremos —le manifestó profundamente abatido mientras su corazón latía con fuerza. Se tranquilizó y se comunicó con el centro de control de humanos, quienes le pidieron que colocara el cadáver boca arriba. Así lo hizo, y el sistema biométrico la identificó y registró el lugar donde se encontraban, empleando el chip que Louis, como humaqui, poseía (el de Novak era solo una memoria con una base de datos relacionada que no se comunicaba con el Centro de Control, por no ser aun un humaqui.

Louis cavó un hoyo suficientemente profundo, para evitar a los animales carroñeros, y depositó en él, el cadáver de su madre.

Permanecieron un rato junto a ella, contemplándola y la cubrieron con tierra, leños, hojas y musgo. Novak sollozaba y Louis, tragándose las lágrimas, puso un brazo alrededor de Novak tratando de reconfortarlo, aun cuando no sabía mucho de dolor y no estaba preparado para lo que ocurriera con Novak.

Se pusieron en marcha. Novak cojeaba. Volvieron sobre sus pasos. Louis no era capaz de controlar sus pensamientos. Profundamente desolado, no podía hacerse a la idea de que su madre se había ido para siempre y no había más remedio que seguir andando. Ninguno de los dos se atrevió a mirar atrás después de haber cruzado el tronco del árbol que unía las dos márgenes del arroyo.

Un viento glacial les helaba la cara y las manos. Pasaron la noche en el sitio y a la mañana siguiente emprendieron el retorno. El camino les pareció más largo del que habían recorrido hasta encontrar el cadáver de Freyja.

Louis se preguntaba si no se habrían desorientado, lo cual era prácticamente improbable, ya que su chip, como todos los de los humaquis, tenía incorporado un sistema de posicionamiento satelital; pero el que él poseía era más preciso y especializado, por ser trabajador del Instituto Científico de Ambiente y tener la obligación de recorrer, con frecuencia, los bosques, para registrar el estado de la biodiversidad, que continuaba lastimosamente amenazada.

El sol se escondía a toda prisa y la precaria visibilidad resultaba exasperante. Con ese viaje, Novak ya había comprendido lo que era el hambre, el frío, el peligro y los accidentes. Louis se sentía terriblemente cansado. Finalmente, aún con algo de luz, vio una especie de camino que se ensanchaba y percibió un leve aroma a madera ardiendo y observó humo ascender entre los árboles. Siguieron el camino que finalmente los condujo hasta una casa, la cual resultó ser la casa de Anna, la mujer que Freyja había conocido unos días antes.

Anna y Zora estaban nerviosas, cautelosas e inquietas, pero se tranquilizaron y alegraron al darse cuenta de que no eran perseguidores, sino el hijo y el nieto de la mujer, Freyja.

Les relataron la tragedia y ellas, le ofrecieron comida y hospedaje, pues la noche había caído y quedaba un largo camino por recorrer para llegar al pueblo más cercano.

Anna se había mostrado sobresaltada y sintió lástima al ver que el muchacho estaba notoriamente herido.

—¿Que te ha pasado?

Novak abrió la boca para contestar, pero su padre se le adelantó.

—Hemos pasado por una serie de calamidades.

Una vez escuchada la narración hecha por Novak y su padre, Anna le pidió a Zora, que preparara una compresa caliente y la sumergiera en unas ramas medicinales, y le lavara las heridas.

Zora preparó un menjurje en el que incluyó Jengibre y Cúrcuma sumergidos en té verde.

Novak presentaba un aspecto terrible. El lado izquierdo de la cara se veía con heridas e hinchado y uno de sus ojos permanecía casi cerrado; el brazo, por el que su padre lo había cogido, tratando de evitar la caída, le dolía enormemente y cojeaba de una de las piernas. Zora, le pasó suavemente la compresa por las zonas lesionadas y dijo:

—Los accidentes forman parte de la vida y en el bosque son más frecuentes; así que, al retomar el camino de regreso a casa, deberás tener más cuidado.

Una vez que Zora lo curó, el dolor de su brazo se redujo a una palpitación sorda.

Anna se trasladó a la cocina a preparar comida. El olor de la sopa activó los jugos gástricos de Novak y le ayudó a calmar las dolencias. Louis estaba realmente hambriento y la boca se le hizo agua.

Se sentaron a la mesa y Zora metió un cucharón en la olla hirviente y sacó unos trozos de nabo con algo de caldo y carne magra de cacería. Parecía venado en salazón. Novak sopló la sopa para enfriarla y luego se llevó la cuchara a la boca. Hacía muchísimo tiempo que Louis no probaba la carne natural, mientras que Novak solo conocía la cultivada en laboratorio, y, al vaciar la taza, preguntó si podía comer más.

—Es la mejor comida que he probado en mi vida.

La madre de Zora se mostró complacida.

—¡Claro que sí! —Zora, le contestó sonriendo y se acercó al fuego, trajo la olla y vació la sopa que quedaba, en la taza de Novak.

—¿Y tú? —le preguntó Anna a Louis.

—Ya estoy satisfecho, muchas gracias.

Comieron como nunca.

Se retiraron a dormir. Novak, cerró los ojos fuertemente. La lluvia era intensa. Estaba asustado; los ojos se le llenaron de lágrimas y deseó no haber emprendido ese viaje. Le resultaba difícil conciliar el sueño. Quería haber permanecido en su casa, envuelto en sus cobijas, escuchando los arrullos y la tranquila respiración de su madre, Mirai.

A la mañana siguiente, la lluvia había cesado, pero no salió el sol.

El rostro de Novak empezó verse más desinflamado y estaba recuperando su normalidad. Se lo había lavado en el arroyo, y se había quitado casi toda la sangre seca y una fea costra en el lóbulo de la oreja. Sus labios aún permanecían algo hinchados, pero había desaparecido la inflamación del resto de la cara y los ojos recuperaron la normalidad.

Zora le volvió a aplicar las compresas medicinales y, cuando finalmente terminó de limpiarlo, diagnosticó:

—Tiene muy buen aspecto, Novak. Está casi curado y pronto recobrará su color natural.

Después de desayunar en la cocina, se despidieron de Zora y de Anna y cuando pusieron finalmente un pie fuera de la casa, ya todo era un laberinto de niebla. Zora esbozó unas tenues y mínimas sonrisas y luego permaneció pensativa cuando se alejaron. Había quedado prendida de Novak, y este, después de caminar un par de minutos, volvió la cabeza y vio que Zora seguía allí, observándoles, de pie frente a la casa, con una mano sobre una de sus cejas mirando el cielo que ahora estaba más plomizo y cubriendo con nubarrones tan cargados y voluminosos que empezaron a moverse rápidamente y a descender lentamente de su posición habitual en los cielos hasta tocar el suelo. Soplaba un viento frío, presagiando rachas de fuerte lluvia, como la inteligencia artificial le había indicado a Louis.

Capítulo 8

Novak siempre tuvo la debilidad por las cosas agrestes, esparcidas, alborotadas, como las altas montañas y los frondosos árboles del bosque. Ahora ya se había convertido en un joven adolescente. Sus rasgos se habían perfeccionado y su rostro resultaba tan llamativamente atractivo, que las muchachas se volvían a mirarlo. En cuanto a temperamento, no había cambiado mucho; era tan indómito como su madre. Se mostraba muy poco disciplinado y desobediente. No obstante, la gente le perdonaba sus extravagancias, en parte porque tenía unas dotes excepcionales para aplicar la inteligencia artificial, y también porque era muy simpático, una cualidad que, desde luego, a juicio de su padre, no había heredado de su madre.

Siempre estaba desapareciendo, pero lo que más le gustaba era visitar a Zora, que se bastaba por sí sola y cuidaba a su madre Anna, que ya estaba mermando sus capacidades.

En la ciudad no había muchas chicas con quien hablar con la misma emoción que lo hacía con Zora. Además, su pelo lo traía loco. Zora era la más joven de ellas, y también más joven e inteligente que la mayoría de los hombres, salvo él, que, además, tenía como un año más que ella.

Cada vez que salía al bosque, se encaminaba hacia el norte, hacia la casa de Anna y Zora. Se sentía feliz y, por lo general, hambriento y devoraba la comida con rapidez. Luego, salía con Zora al arrollo y a recorrer el bosque.

Al principio, pasaban el tiempo desahogando energías acumuladas, corriendo y saltando, trepando a los árboles, pescando y cazando patos. Eso ocurría mientras iban creciendo y se convertían en jóvenes altos, fuertes, hermosos y con cuerpos macizos y torneados, de tanto vivir en el bosque.

Con el tiempo, esas visitas se volvieron tan placenteras y frecuentes, que Novak, prácticamente, ya se había convertido en un trabajador del campo, al tiempo en que Zora esperaba ansiosa el día en que Novak regresara, para compartir con él. Pero, además, tenía a Novak perplejo, aturdido de admiración y trémula incertidumbre, y no dejaba de mirarla, de mirarla y mirarla, porque era incapaz de apartar los ojos de ella y pensaba en cosas mientras deambulaba con ella por el bosque. Sentía el deseo de besarla, y acaríciala. Durante años, la había adorado en silencio. La más constante imagen de ella en su pensamiento era la de la primera vez que la vio en la su casa, cuando llegó herido, después de enterrar a su abuela. Pero Novak jamás se atrevió a confesarle su amor. Se limitaba a mirarla, pasear por el bosque, conversar y tomar el sol a orillas del arroyo, fascinado como siempre, por el pelo alborotado de Zora, que le enmarcaba el bello rostro. Antes de dormirse cada noche, solía pensar en lo maravilloso que sería besarla.

A medida que salía de la adolescencia, ya era musculoso y medía uno ochenta y siete; era bastante ágil y pesaba noventa y cinco kilos; parecía un hombre totalmente desarrollado. Ya adulto, durante los últimos meses, se había sentido intranquilo; incluso algo deprimido a causa de esas ensoñaciones despierto. Ya no le bastaba con verla y recorrer con ella el bosque; incluso, escuchar sus conversaciones con Anna.

En la ciudad había varias jóvenes de su edad que podrían darle cuanto ansiaba. Sabía lo que cada una de ellas dejaba que le hiciera un muchacho, a pesar de que la mayoría estaban decididas a seguir siendo vírgenes hasta que se casaran, de acuerdo con las reglas impuestas por los controladores y las enseñanzas de la familia. Pero había algunas cosas que podían hacer, según explicaban sus amigos.

Todas las jóvenes pensaban que Novak era algo raro. Incluso, él creyó que probablemente tenían razón. Pero una o dos de ellas encontraban atractiva esa rareza. Un día, a la salida de una conferencia, había entablado conversación con la hermana de un compañero, pero cuando Novak empezó a hablar de lo mucho que le gustaba pasear por los bosques, la chica rompió a reír burlonamente. Otro día, había ido a pasear por el campo con otra, una rubia hija de un compañero de trabajo de su padre Louis. Ella ya era humaqui, al igual que los jóvenes que aunque no estaban en las carreras tecnológicas, debían dedicarle ocho horas o más al día, como una jornada de trabajo cualquiera, pero solamente generando historias, esculturas, pinturas o música, ayudados por la Inteligencia Artificial, como una especie de cadena de montaje, con mucho sudor y poco ingenio, como si se tratara de apretar tuercas, sin tener en cuenta que lo creativo requiere un esfuerzo, un tiempo e ingenio que no debería estar en un contexto donde se pida que el trabajo creativo se desarrolle con las mismas maneras y tiempos que armar computadoras o diseñar humanoides.

En fin, la chica tenía veintidós años, unos melones que desafiaban la gravedad y un cuerpo que parecía fabricado a partir de la mejor modelo humanoide. Novak no había hablado demasiado; pero la besó y se tumbaron en la grama. Allí volvió a besarla y la acarició. Ella lo besó a su vez con entusiasmo, pero, al cabo de un rato, se apartó de él y le preguntó "quién era Zora", ya que con frecuencia hablaba de ella con notable admiración. Quedó desconcertado, evadió la respuesta y volvió a besarla. Pero ella apartó la cara diciendo: Quienquiera que sea, es una chica afortunada. Volvieron juntos a la ciudad y, al despedirse, la chica le recomendó que no perdiera el tiempo con ella intentando olvidar a esa Zora. "Creo que no lo conseguirás y tal vez ella sea la que tú quieres, así que más vale que lo intentes y lo logres". Le sonrió con afecto, al tiempo que añadió: "tienes un rostro atractivo. Acaso no sea tan difícil".

Su amabilidad le hizo sentirse incómodo, tanto más por saber que ella era una de las chicas a las que los amigos calificaban de fáciles, y él había querido corroborarlo. Ahora ya le parecía tan madura aquella manera de hablar que le daba risa.

A Novak le resultaba fácil conversar con las chicas de su misma edad. Había bromeado con varias, y a una de ellas le aseguró que no creía todas esas cosas terribles que contaban de ella. Y, como era de esperar, la muchacha quiso saber cuáles eran esas terribles cosas. Con otra, había ido directamente al grano: ¿Te gustaría ir a pasear conmigo al campo esta tarde? Pero cuando intentaba imaginar la forma de abordarla, su mente se quedaba en blanco. No podía evitar pensar en Zora, la muchacha serena, apacible y tranquila; una chica formal de impulsos tiernos y afectuosos, que él quería para sí.

¿Qué oportunidad podía tener, si no tenía nada que ofrecer? Bueno, tanto a Zora, como a él, les gustaba el bosque; en eso se diferenciaban de los demás, que preferían la seguridad de las ciudades y se mantenían alejados del campo.

Él y Zora, como siempre, paseaban por las florestas cercanas a la casa de ella, y había un lugar especial, bastante apartado, donde les gustaba detenerse y sentarse a hablar. Zora no se había percatado de que se había enamorado de él, pues andaba sigilosa, como había aprendido a hacerlo en su infancia, cuando tenía que encontrar su comida en el bosque. Podía hablar con él, pero ¿qué podría decirle?

Un día, Novak se movía con sigilo entre los matorrales. Quería ver a Zora, antes de que ella pudiera descubrirle. Todavía no estaba seguro de si tendría el valor de declararle su amor. Ante todo, temía indisponer su voluntad. Había hablado con ella, pero sus palabras no fueron acertadas, con el resultado de que apenas habían cruzado algunas breves frases sobre los sentimientos de las personas. No quería dar un resbalón. Momentos después, la vio por detrás del tronco de un pino. Era un lugar de extraordinaria belleza. Una pequeña cascada que terminaba en una pequeña laguna rodeada de piedras cubiertas de musgo. El sol brillaba en sus orillas; pero un poco más atrás los pinos daban su sombra. Zora estaba sentada entre sol y sombra, leyendo un libro.

Novak se sintió tan emocionado de verla, que olvidó su timidez. Se abrió paso entre los arbustos y se acercó a ella.

—¿Que estás leyendo?

Zora se sobresaltó y lo miró con ojos aterrados. Novak comprendió que la había asustado. Se sintió muy torpe y temió haber empezado una vez más con el pie izquierdo. Un instante después, Zora lo reconoció, y su miedo se esfumó con la misma rapidez con la que había llegado. Pareció aliviada, aunque un poco desconcertada, a pesar de que Novak le pidió disculpas por haberla asustado, y permaneció inmóvil.

—Siento haberte asustado —se disculpó, afrontando su mirada.

—No me has asustado —le contestó sonriendo.

Novak sabía que eso no era verdad; pero no estaba dispuesto a contradecirla.

—¿Que estás leyendo? —volvió a preguntar como al principio.

Zora miró el volumen encuadernado que tenía sobre las rodillas y su expresión cambió de nuevo, volviéndose melancólica.

—Mi padre compró este libro durante su último viaje a la ciudad. Lo trajo para mí. Unos días después, le hicieron prisionero y lo desintegraron.

Novak se acercó algo más y miró la página en la que estaba abierto.

—¡Es un poema!

<<Es maravilloso. Pero... ¿qué voy a decirle ahora? ¿Cómo podré hacer que esto continúe?>>

—Humm... bueno, ¿de qué trata?

—Es sobre plantas —le contestó sonriente y se volvió hacia él y lo miró con una intensidad que él nunca había visto nunca en sus ojos.

Novak, al cabo de un largo silencio dijo:

—Oh, Zora. ¡Qué cosa tan espléndida! Gracias. Muchas gracias. Y luego ella asintió tres veces con la cabeza y repitió el último verso, le hizo comentarios y lo ilustró acerca de la longitud de las rimas al final de cada verso; incluso le hablaba sobre la persona que había escrito el poema, así como de su preferencia por un estilo determinado. Zora poseía una extraordinaria habilidad para concentrarse en tales detalles, y Novak disfrutaba intensamente de esos momentos que consideraba bellos, optimistas y hasta algo melancólicos.

Novak se desconcentraba por momentos y hacía un esfuerzo por no mirar el pecho de Zora, que se encontraba justamente al borde de su visión. Tenía la seguridad de que, si bajaba los ojos, ella se daría cuenta.

Estaba seguro de que él y Zora eran las dos únicas personas, aparte de su abuela, que conocían la poesía. Tenían un interés común y hablaban de ella y de literatura en general. La conversación era tan excitante que perdió el hilo de lo que estaban diciendo y se sintió confuso y estúpido.

Por fortuna, Zora seguía hablando. Su cara era aún más preciosa al mostrarse animada.

—A mí me inculcó la lectura, mi padre, se llamaba Zack —confesó Zora—. Solíamos ir al arroyo a leer. Me narraba las historias una y otra vez.

—Pero, ¿puedes recordarlas?

—Algunas de ellas; es como conocer el camino a través del bosque. No retienes en la mente todo el bosque; pero, dondequiera que estes, sabes que, si te extravías, puedes seguir sin llegar a perderse nunca de verdad,

Novak cambió un poco de posición para poder contemplarla. La mirada intensa de ella y sus hechiceros ojos, lo hipnotizaban.

—A mí me gustan mucho los cuentos y las novelas —aseveró encantada, chispeándole los ojos.

De pura felicidad, Novak estaba a punto de perder el sentido, pero se contuvo una vez más.

Capítulo 9

Un día, mientras Novak cenaba con su madre, ella le preguntó:

—Estás muy enamorado de Zora, ¿verdad?

Novak se ruborizó y sonrió —¿Es tan evidente?

—No solo se da cuenta tu padre, yo también, y seguro que Anna está enterada.

—Nunca se lo he dicho.

—De todas maneras, ella ya debe saberlo y seguro que espera que se lo digas.

Mirai se quedó mirándolo un rato y notó que el parecido físico entre Louis y Novak era extraordinario. Novak tenía un rostro más estrecho que el de su padre, pero su piel, sus ojos, sus robustas extremidades y sus anchos hombros se asemejaban a los de Louis, hasta el punto de que cualquiera habría podido confundirles viéndolos de espaldas.

—Eres como tu padre, no solo en lo físico, sino que podía obtener a cualquier mujer que quisiera, pero se comportaba tímidamente; creo que fui yo quien le declaré el amor.

Mientras Mirai le hablaba, Novak mantenía la mirada ausente y adoptaba una actitud a la vez cortés y algo distante hacia su madre, pero su expresión cariñosa, en el fondo, no cambió en ningún momento. Mirai extendió una mano hacia su hijo y éste se la estrechó. Él se sentía incómodo hablando de sus sentimientos; pero le emocionaba oír cosas de sus padres.

—Tu padre era y sigue siendo un hombre gallardo y solemne cuya relación conmigo estribaba fundamentalmente en responder a mis preguntas, a veces de un modo más exhaustivo de lo que yo misma hubiera deseado. Cuando era su alumna, una consulta formulada en pocos segundos podía fácilmente desencadenar una perorata de media hora, pero, mostraba una gran confianza en mi capacidad de comprensión, aunque lo cierto es que sus disertaciones acerca de la tecnología y los recursos naturales, a menudo terminaban por aburrirme. Sin embargo, nunca quería que dejara de hablar. Me gustaba ser el centro de su mirada y que se sentara junto a mí, y solía aguardar con expectación las muestras de cariño con las que siempre concluía sus charlas: un golpecito afectuoso en el brazo pronunciando mi nombre. Aquella actitud suya siempre me recuerda una dulzura de su personalidad que la mayor parte de las veces permanece oculta.

A medida que pasaba el tiempo, Zora, echaba cada vez más de menos a Novak, y él, tenía la increíble sensación de estar en un mundo en el que ya no era necesario pedir más de lo que ya tenía. Un momento sin precedentes de equilibrio y realización interior. Ya lo tenía todo. Estaba convencido de que nadie, absolutamente nadie, podría nunca ser tan feliz.

Un día, después de almorzar en casa de Zora, ella lo invitó a dar una vuelta por el bosque y charlar un poco a la orilla del arroyo. Novak convino desbordante de placer.

—Me siento muy feliz cuando te visito —le confesó.

—Yo también.

—Lo hemos pasado bien juntos —repitió—. Formamos una bonita pareja. ¿No crees que somos algo así como el uno para el otro?

—Desde luego —contestó Zora, siguiéndole la corriente.

—Yo siempre disfruto mucho cuando estoy contigo —siguió diciendo Novak—, recorriendo el bosque y sentarme a hablar contigo frente al arroyo… también me refiero a que quiero mucho a Anna; como si fuese mi madre.

—Yo también he disfrutado compartir contigo por tantos años.

—Eso me hace muy feliz.

Zora lo miró con más atención y pensó:

<< No quisiera que insistiera tanto en eso>>.

Novak le puso la mano en el hombro.

—Dime una cosa —propuso Novak bajando la voz con un tono de intimidad—. ¿Cómo ha de ser el marido que quieres?

<<Espero que no vaya a pedirme que me case con él>> —pensó Zora y en seguida, nerviosa le contestó—, no necesito un marido... Ya tengo suficientes preocupaciones con mi madre. Le prometí a mi padre, que cuidaría de ella mientras permaneciera con vida.

—Pero a todos nos hace falta amor —insistió él.

Zora estaba a punto de contestarle, cuando Novak levantó una mano indicándole que callara, una costumbre de él, que Zora encontraba especialmente desagradable.

—No me digas que no necesitas amor —porfió Novak—. Todo el mundo lo necesita.

Zora se quedó mirándolo sin apartar la vista. Sabía que ella era algo peculiar. La mayoría de las mujeres anhelaban casarse y si, como en su caso, todavía seguían solteras a los veintidós años, se sentían no ya anhelantes, sino desesperadas.

<< ¿Que me pasa a mí? —pensó—. Novak es joven, tiene buena presencia y goza de prosperidad. Estoy

segura que la mitad de las jóvenes del pueblo querrían casarse con él>>.

Por un instante, quiso decirle que sí quería casarse algún día. Pero entonces pensó en lo que sería la vida con Novak, cenando y acostándose con él todas las noches, trayendo al mundo al hijo de un humaqui... Y le pareció aterrador. Movió negativamente la cabeza.

—Olvídalo, Novak. No necesito un marido, ni por amor ni por nada. ¿Por qué me haces esas preguntas? ¿Por qué me miras así?

Lo siento, dijo él, pero no parecía dispuesto a rendirse.

—No puedo evitarlo. Sólo que eres tan bella, Zora, tan increíblemente bella, que empiezo a dudar de que seas real.

Zora se echó a reír.

—No seas absurdo —repuso— ni siquiera soy bonita.

—Te quiero, Zora; estoy enamorado de ti; siempre lo he estado.

—Ese no es el problema. Siempre he sido muy feliz a tu lado y los días se me hacen eternos cuando no me visitas; pero no deseo casarme.

—Te necesito. Quiero que seas mi mujer.

Ya la había soltado. Zora lo lamentó porque aquello significaba que había de rechazarlo, cuando en realidad deseaba decirle que ella también lo amaba y deseaba estar con él, el resto de su vida.

—No, no quiero ser tu mujer. Como estamos, está bien —Zora estaba segura de que él retrocedería y dejaría de insistir. Novak se mostró dolido, pero sabía que, a pesar de que Zora le dijera que no quería ser su mujer, estaba mintiendo—. Pero al menos podemos tratar de ser amigos. Siempre hemos sido amigos, ¿no?

Novak no se atrevía a mirarla a los ojos.

<<No hay vuelta atrás. Todo ha terminado >> — pensó y, en seguida le dijo:

No ha terminado nada. Ni siquiera ha empezado nada. Somos lo bastante mayores para que renunciemos a amarnos.

—Aprende a ser fuerte, Novak. Estás hablando como un llorón, y a mí eso no me agrada. Vamos a ser buenos amigos durante mucho tiempo, y necesito que seas mi amigo, así que, por favor, no te enojes conmigo.

Novak intentó ser fuerte. Por mal que le sentara escuchar cómo Zora arremetía contra él, comprendía que, en este momento el sentimentalismo y la autocompasión habían podido más que él.

—¿Cómo puedes decir eso?

Zora suspiró. Le daba lástima y pensaba que, dentro de un instante, reaccionaría diciéndole que lo amaba. Estaba consternada y deseaba tirarse a sus brazos, pero pensó que era mejor irse. Se puso en pie.

—No vuelvas a pedírmelo.

A Zora le dio un vuelco el corazón. Apenas podía creer que Novak insistiera de nuevo sobre aquello.

—No me es posible creerte. No quiero. Sólo deseo que estemos toda la vida juntos.

—Estoy diciendo la verdad.

—No quiero renunciar a ti. No puedo. No puedo.

Se le quebró la voz y Novak, inclinándose, acercó su cara a la de ella hasta casi tocarla. Zora, sobresaltada, se retiró.

—Piénsatelo —desconcertado, suplicó Novak—. Es lo único que te pido.

—Por favor, Novak, cállate.

—Pero si no he terminado.

—No, Novak, por favor. No puedo soportarlo.

Había tomado una decisión y Novak no pudo hacer nada para que Zora cambiara de parecer. Nada podía convencerla de lo contrario.

Novak se disponía a seguir suplicando, pero antes de que pudiera hacerlo, Zora se levantó, se enjugó las lágrimas con una mano, dio media vuelta y se alejó de él a toda prisa, atravesando la pradera en dirección a su casa.

Novak lloró un poco, después sollozó largo rato mientras caminaba de regreso a su casa y el sol declinaba y la penumbra envolvía el bosque. No comprendía como Zora lo rechazaba en un momento en el cual lo tenían todo por delante.

Se metió en su habitación sintiéndose desmoralizado y hundido y, con una sensación de agotamiento y falta de determinación, se tumbó en la cama, en donde se pasó las dos horas siguientes mirando al techo. Al reaccionar, se levantó con el pelo revuelto y sus ojos hundidos, como si hubiese pasado una noche bebiendo vino tinto y apenas había pegado ojo en toda esa noche. Había quedado desolado. Ya no habría más paseos con Zora, pero además la camaradería de antes de declararle su amor también había salido perjudicada. Se acabaron las visitas a su casa, las lecturas a la orilla del arroyo y los paseos por el bosque.

La búsqueda de la sustituta de Zora no estuvo exenta de problemas. No era que él esperase conocer a alguna chica parecida a Zora, porque ella no era como los humanoides que se producían en serie, sino que no deseaba conformarse con una alternativa que no tuviese las excelentes cualidades que tenía Zora, una chica apasionada, tierna y ocurrente, con la que había recorrido el bosque, con la que lo había curado cuando niño después del accidente cuando fue con su padre en busca de su abuela.

Para él, ninguna podía compararse con Zora, pero, quizá, podría encontrar una chica que le gustase y le acelerase el pulso.

No obstante, las candidatas más prometedoras ya estaban comprometidas con otros. Las muchachas estaban en su mayoría más avanzadas que la mayor parte de los jóvenes, lo que significaba que rechazaban a los más jóvenes en favor de los mayores a ellas. Esperando rápidos resultados, después de un mes de que Zora le dijera que aprendiera a ser fuerte, Novak estaba inquieto y descontento, pero seguía buscando, no por falta de esfuerzo, sino porque ninguna de las muchachas con las que salió, consideró interesante. Su entusiasmo se había apagado, pero invitó a salir a algunas sólo para ver si lograban quitarle a Zora de la cabeza. No lo consiguieron, lo que indicaba que aquello iba a llevar tiempo, mucho tiempo durante el cual, Zora permanecía abatida en el Jardín del Edén, deambulando por el bosque, y comprendía que había cometido el mayor error de su vida. Novak, estaba desesperado. Para ambos, estar separados durante tantos meses era demasiado horrible y, a medida que avanzaba el tiempo, Novak fue preguntándose cómo iba a sobrevivir sin Zora si no encontraba a una que le hiciera olvidarla para el resto de sus días.

Capítulo 10

Desde hacía varios años, mediante el empleo de la computación cuántica, la sociedad continuaba buscando formas para tratar de entender las densas nubes de polvo, gas y monóxido de carbono congelado, como la que llamaron en una oportunidad El Ladrillo (*The Brick*), encontradas en el centro de la Vía Láctea. Esas nubes seguían siendo impenetrables visualmente y se sigue creyendo que en ellas se forman estrellas, pero tal vez del lado opuesto al que se han observado hasta ahora, de manera que, como antaño, se seguían teniendo más hipótesis que conclusiones.

El aumento de los gases de efecto invernadero continuaba afectando la mayor parte del planeta y haciéndolo más cálido y aumentando la variabilidad meteorológica y climática. De manera, se continuaba combatiendo los supuestos efectos dañinos del dióxido de carbono, el metano y el óxido nitroso, que, a pesar de los planes para desacelerar el deshielo de los glaciares, entre otros efectos del calentamiento global, las mallas térmicas hechas de polipropileno y empleadas para tratar de desacelerar el deshielo de los glaciares, evitando la incidencia directa de los rayos solares sobre ellos, para tratar de generar un microclima y una temperatura adecuada, donde los procesos de derretimiento se retrasasen en un porcentaje importante, no fueron suficientes, ya que el ritmo de pérdida de los glaciares, por ejemplo, como los de la región tropical de Los Andes, es decir los ubicados entre los trópicos de Cáncer y de Capricornio, siendo los más afectados los que están a menos de 5.000 metros del nivel del mar, como el Humboldt venezolano.

Las controversias entre investigadores continuaban sin tregua y sin acuerdos. Algunos sostenían que seguía aumentando el calentamiento global, la pérdida de biodiversidad y los fenómenos meteorológicos extremos como inundaciones, huracanes y, en general, cambios en la limitación de vida de muchos organismos, reproducción y mutaciones aceleradas y descontroladas. Otros, trataban de demostrar que el clima de la tierra ha estado variando desde que existe el planeta, con eras frías y cálidas y que no era sorprendente que ahora se estuviera experimentando un lento período de calentamiento. Otros eran de la idea de que la brecha entre el clima del mundo real y la del mundo modelado, estaba lejos ser comprendida. Los políticos, en cambio, creían que la cuestión sobre este tema se basaba en modelos plagados de muchas deficiencias y no eran apropiados como herramientas de política global y que las acciones al asunto climático, debían respetar las realidades científicas y económicas y que no creían en la existencia de motivos de pánico ni alarma y que el objetivo de una acertada política global debería ser la prosperidad.

Una corriente científica impulsó la teoría de que aumentar el efecto de los gases de efecto invernadero como el dióxido de carbono, lejos de contaminar, enriquecía la atmósfera, convirtiéndose en un alimento para la biomasa vegetal, la base de toda la vida en la Tierra. Otro grupo de investigadores demostró la incoherencia de la estadística empleada para asegurar que el calentamiento global estaba intensificando los huracanes, inundaciones, sequías y desastres naturales similares, o haciéndolos más frecuentes, y aseguró que, por el contrario, existía amplia evidencia de que las medidas de mitigación del dióxido de carbono eran dañinas y costosas. Se creía que el clima y la salud, estaba altamente relacionados con la actividad de la sociedad, como consecuencia de sus actos, pero investigaciones científicas seguían demostrado que el problema en realidad no se derivaba de las emisiones producidas por el empleo de energía proveniente de combustibles fósiles, sino que en realidad era originado por la dinámica natural del universo. Por supuesto, han trabajado en neutralizar varios componentes generados por esa dinámica que impacta la salud relacionados, por ejemplo, con el cambio climático y las olas de calor y los efectos que producen las gotas de ácido que todavía descomponen muchas áreas de vegetación.

Los cambios bruscos e intensos que hace millones de años, al final del período Pérmico que produjo una sobrecarga de dióxido de carbono en la atmósfera y condujo al cambio climático que impactó severamente los ecosistemas y devastó para todas las formas de vida en el mar y en la tierra, hoy aún tampoco se han podido controlar, pero a diferencia del pasado, se sigue presentando cada dos a siete años, calentando la atmósfera y cambiando los patrones de circulación en todo el mundo, especialmente la corriente en chorro que arroja frecuentes e intensas tormentas sobre el Pacífico Tropical y trae las aguas más cálidas de los océanos que normalmente siguen confinadas al Pacífico Occidental por los vientos que soplan de este a oeste, empujando las aguas más cálidas hacia Indonesia y Australia y trayendo temperaturas de la superficie del mar que podían estar hasta 4 grados Celsius, más cálidas que el promedio y que sigue teniendo una gran influencia en el clima en todo el mundo, afectando a miles de millones de seres vivos, tanto humanos, como otro animales y plantas.

Ese fenómeno meteorológico llamado El Niño y su contraparte La Niña que, durante esa crisis del Pérmico-Triásico, persistió durante mucho más tiempo y que dio lugar a décadas de sequía generalizada, seguida de años de inundaciones, aún continua, en menor grado, produciendo efectos muy diversos en distintas áreas del planeta, como el incremento en la incidencia de enfermedades infecciosas, pérdida de bosques tropicales y la vida marina, los cuales son influidos también por otros factores que pueden ser naturales, pero también creados por la actividad humana, aspecto sobre el cual los científicos todavía buscan una respuesta.

Seguían siendo muy carnívoros, pero desarrollaron políticas para minimizar el consumo de carnes naturales, obviamente, dando prioridad a las producidas en laboratorio, de esta manera frenaron la destrucción de selvas y bosques que por décadas se estaban convirtiendo en sabanas para la cría de ganado. Priorizaron la asignación de tierras destinadas a la reforestación y la agricultura; plantaron árboles y repusieron bosques, buscando acciones más efectivas para enfriar la atmósfera de la tierra, pero, su impacto continuaba siendo complejo; no obstante, siguieron dándole prioridad a los proyectos que ayudaran a frenar las amenazas al planeta, como la pérdida de biodiversidad, las pandemias, los incendios forestales, huracanes y las inundaciones. En ese sentido, continuaban experimentando con diferentes tipos de vegetación, para tratar de determinar la interacción con el límite atmosférico y encontrar soluciones climáticas naturales, como maximizar la formación de nubes más densas en áreas boscosas, lo cual, en efecto, había conseguido generar un mejor clima debido a su efecto positivo sobre el enfriamiento en la atmósfera de la tierra.

Mediante sus observaciones, encontraron que los bosques absorbían grandes cantidades de radiación solar como resultado de que su superficie posee una buena capacidad para reflejar la luz solar y que, en los trópicos, se lograba la mayor absorción de dióxido de carbono debido a la densa vegetación durante todo el año. No obstante, en climas templados, el calor atrapado por el sol, contrarrestaba el efecto de enfriamiento que proporcionaban los bosques al eliminar el dióxido de carbono de la atmósfera; de hecho, el cambio climático se lograba mejor si se conseguía una mayor cobertura diaria de nubes en regiones áridas, que resultaban ideales para la producción de energía solar.

En este sentido, los humaquis controladores abolieron la propiedad privada de las tierras, aduciendo que de esa manera construirían una infraestructura para la energía renovable y lograr un adecuado cambio climático, la diversidad y la salud pública. Excusas utilizadas para profundizar en el control sobre las personas, pues investigaciones realizadas, habían determinado que esa búsqueda de la energía limpia, mediante la reducción del dióxido de carbono atmosférico, estaba perjudicando la vida vegetal y, por tanto, la vida animal. Por ese motivo, muchos humaquis, seguían rebelándose contra esta medida, ya que, según ellos, limitaba la capacidad de autoprotección y la libertad.

Así las cosas, las opciones energéticas, libres de carbono, continuaban no tan fiables y los sentimientos negativos hacia la fisión nuclear de barras de pastillas de combustible de uranio, en favor de los alimentados con torio y sales líquidas, en pequeños reactores modulares, uniformes y escalables, no cambiaban, a pesar de haberse demostrado, hace décadas, que era una fuente eficiente, limpia y segura de energía de carga base.

En ese momento, la ciencia no había avanzado suficientemente para asegurar que la eliminación de los combustibles fósiles como el gas y el petróleo, evitarían un aumento de las temperaturas de la tierra, sino que ya había prácticamente un convencimiento de que la eliminación del carbón no permitiría que la humanidad continuara desarrollándose sostenidamente.

Pero, por otro lado, se realizaron grandes esfuerzos en investigación y desarrollo, que ha permitido una tecnología reproductiva diferente, mediante intervenciones a los humanos, para el manejo de sus emociones, por medio de drogas que, combinadas, han generado cambios radicales en la sociedad, ahora diseñada genéticamente para conseguir un nuevo individuo: el humaqui, que vive en un mundo utópico, irónico y ambiguo; un mundo donde cada uno ocupa y acepta un lugar en un engranaje social que teóricamente pretende ser saludable, avanzado tecnológicamente y libre. Un mundo diseñado con la excusa de erradicar la guerra y la pobreza. Una sociedad que ve con asombro la monogamia, la privacidad, la desintegración de las familias y la historia, un mundo en el cual todos, teóricamente, vivirían permanentemente libres y felices.

La inteligencia genuinamente artificial, pretendía ser buena, pero para un grupo de humaquis, la supuesta objetividad y el sesgo real de la inteligencia artificial, llamada progresista, no podía hacer más daño del que ya hacía esa supuesta objetividad y el sesgo real con los humanos no modificados.

Hoy, el mundo es dominado por unos humanos modificados por otros humaquis semi humanos que crean humanoides, máquinas dotadas de una gran base de datos relacionada que le da carácter de inteligencia, pero sin ningún instinto. Ambos funcionan como herramientas para el actuar, pero solo ese instinto que no poseen los humanoides, puede articular una comprensión adecuada del mundo que, en última instancia, debería ser la idónea para dirigir a los humanos hacia un nuevo tipo de sociedad y diferenciarla de aquella que ha terminado degradada hasta producir una clase inédita de individuos sin esperanzas y sin deseos, que exhiben una gran desinhibición, sin raíces, aunque, abiertos a toda catalogación y voraz curiosidad a la que nada de lo tecnológico le es ajeno.

Tenemos humaquis aniquilados por las restricciones impuestas por los controladores y los humanoides, sin contacto humano, sin capacidad de relacionarse adecuada y sinceramente, sin lecturas ni distracciones… con una monotonía forzada que aboca a la desilusión. Nuestra sociedad, si no hacemos nada para cambiar el curso de la tecnología y enfocarla a la ayuda del ser humano, está condenada a la pérdida de deseos y objetivos; a la pérdida, a la postre, de lo humano, de la individualidad. Por supuesto, no deseamos un colectivo de humaquis sumisos y conformes, entregados y vacíos, que hasta frecuentemente recurre a la inmolación, pues ya nada tiene sentido para ellos. No queremos un mundo en el que cada cual acate a ciegas las normas imperantes, sin cuestionarlas, con el único propósito de mantener su posición, o bien las sortea de manera taimada sin que trascienda que no es capaz de respetarlas. "Solo una persona mediocre está siempre en su mejor momento". No actúa y, por tanto, no se equivoca. No contradice y, por tanto, no se enfrenta a nada ni a nadie. No enjuicia y, por tanto, obedece. No queremos un mundo sin ilusión y sin verdaderos niños, no permitiremos un mundo en el que solo existan seres y máquinas abnegadas y muertas por dentro.

El gobierno limitado sigue siendo es un concepto que ocupa un lugar central en la ideología de los conservadores y defensores del liberalismo clásico; se cree que el gobierno, debería tener una participación mínima en la vida de los ciudadanos y que los individuos deben tener la máxima libertad para tomar sus propias decisiones. Los humanos no modificados y muchos humaquis, sostienen que el gobierno limitado elimina la libertad individual, aquella que a su entender define al ser humano y su relación con la sociedad. Están claros en que el gobierno no permite la verdadera autodeterminación, la protección de la propia intimidad y las decisiones autónomas para experimentar la autoeficacia y el sentido de la vida. Mientras que otros afirman que este grado de control, conduce a una falta de protección de los grupos vulnerables y a una insuficiente provisión de bienes y servicios públicos.

La idea de cuánta intervención gubernamental se considera ideal, varía según el contexto, la situación específica y el rol que cada uno desempeña en esa sociedad. Para algunos, un enfoque gubernamental limitado es considerado beneficioso, mientras que, para otros, un papel gubernamental más activo, pudiera ser necesario. En general, los intentos de liberación, aún continuaban dependiendo de la filosofía política y los valores de cada uno, con respecto a las ataduras y vanidades sociales.

Capítulo 11

Según los humaquis controladores, el peor daño se produciría si un desvío de atención despierta la suficiente alarma en los humanos, como para llevarlos a contrarrestar la inteligencia artificial, haciendo uso del saboteo y la violencia. De ser así, ellos, los controladores, están convencidos de que el progreso y la tecnología quedarían en manos de humanos saboteadores no modificados, terroristas que impedirían que la verdad sobre la libertad, se multiplicara. Desde hace varias décadas los humanos modificados, los humaquis, utilizaron una inteligencia artificial generativa bastante efectiva, controlada y enfocada en la generación de contenido original a partir de datos existentes, algoritmos y redes neuronales avanzadas para aprender de textos e imágenes, y luego generaron contenido nuevo y único para predecir el funcionamiento de las acciones, lo cual les permitió llevar a cabo y corregir las predicciones futuras, aprendiendo de la retroalimentación, especialmente de la prominente y valiosa que proporcionan las consecuencias naturales que recompensan el comportamiento. De manera que los humanos que colaboraron prosocialmente, añadieron valores que se reforzaron, inicialmente, de forma natural, y los individuos modificados, los humaquis, añadieron más valor y cuanto más valor añadían, más recursos controlaban.

Poco a poco y clandestinamente, estaban apareciendo grupos de humaquis que actuaban en forma coordinada y con aspiraciones más amplias, progresistas y humanas; más generales y refinadas sustancialmente que aportaban valor y fomentaban la libertad, mediante una inteligencia artificial más idónea, tendiente a entrenarse adecuadamente a sí misma y a las generaciones siguientes, con el propósito de que los humanos lleguen a vivir en una mejor sociedad. Ellos consideran que la actual inteligencia artificial, aun cuando no era lo que aspiran realmente, estaba dotada de una base de datos alimentada con información que se emplea en la formación y procesos de entrenamiento y permite discernir, dependiendo de quien la controle, lo que es correcto, articulando la comprensión instintiva con la libertad de la inteligencia, con la intuición, con el retorno a la percepción con sentido de lo real, de lo viviente, en contraste al desarrollo de una inteligencia artificial deshumanizada, con deducciones y soluciones preconcebidas que actúan como un multiplicador del poder destructivo en manos de los controladores, para adoctrinar a los humanos. Por muchos años, las redes sociales vinieron desplazando el aprendizaje profundo y las interacciones sociales tradicionales. En antaño, la violencia de los vídeos y los videojuegos preparó a las personas para cometer actos violentos y dar al traste con los valores culturales y las tradiciones.

Las aspiraciones de algunas personas ya activas en el desarrollo de la inteligencia artificial, es apoyar cada vez más la libertad. Otras personas, se están dedicando al desarrollo de inteligencias artificiales que busquen, añadan valor, transmitan y construyan caminos que no incluyan ni presenten objetivamente información falsa. Todos aspiran a una inteligencia que funcione, que sea genuina, que tenga una funcionalidad adecuada y que se beneficie de un entrenamiento naturalista y positivamente autoguiado. No tenían duda en que aparecerán comunidades de inteligencia artificial distópicas. Pero las nuevas comunidades de inteligencia artificial que sean elegidas por los humaquis y los humanos no modificados, y que, por tanto, sobrevivan para proliferar una inteligencia genuina, serán aquellas en las que los humanos verdaderamente inteligentes, dejen de ser meros objetos de consumo, y aprendan a añadir valor de forma colaborativa por medio de acciones y mejores formas de vida.

El hecho de que los humaquis como Louis, Mirai y ahora también Novak, tengan una mayor predisposición para la empatía, los hace más humanos y les permite relacionarse con los humanos originarios no modificados, en un plano de igualdad, e incluso llegan a formar con ellos un nexo amoroso y familiar. Aparentemente los humaquis deberían ser permanentemente felices; vivir en un mundo donde no exista discriminación ni pobreza; ser seres desinhibidos, gozar de buen humor, ser saludables y tecnológicamente avanzados. No obstante, la ironía de esa perfección esperada, es, por el contrario, la aplicación de medidas que eliminan a la familia, la diversidad cultural, el arte, la literatura y la filosofía. Su propósito en esa sociedad deshumanizada por la tecnología, es crear y estandarizar el producto humaqui y generar identidad, amor a la servidumbre y la estabilidad de una sociedad controlada.

Este mundo erróneamente transformado y controlado por élites gubernamentales, tiene como lema: "comunidad y estabilidad". Y se esfuerza en estandarizar el humaqui y generar amor a la servidumbre y, para tratar de evitar actitudes contrarias a sus objetivos y síntomas de fricción social, los controladores promueven eficazmente, mediante la propaganda, los supuestos aspectos positivos del sistema y su lema. Se diseñan encuestas patrocinadas y manipuladas por el gobierno, sobre lo que los políticos y los científicos que intervendrán en ellas llamarán el problema de lograr que los humaquis amen su servidumbre.

La herencia es una opción obvia para acceder a ser humaqui y permanecer en la cumbre. Pero el matrimonio lo mitiga: si el mercado del matrimonio fuera completamente monotónico, los humanos no modificados se casarían entre ellos, los humaquis se casarían con humaquis y humanos. Se trataría entonces de un derecho importante que no se les concedía a los humanos. Los ránquines ordinales no se alterarían y las brechas de inteligencia artificial y otros beneficios, se ampliarían aún más. Pero los matrimonios aún, entre los humaquis, obedecen también a otras leyes: la atracción sexual, accidentes, influencia parental y decisiones estratégicas. Por lo tanto, introducen un elemento de entropía en la estructura jerárquica que perturba el orden social. ¿Quién se va a casar con quién, y cuántos beneficios obtendrá y cuantos aportará cada uno de los pretendientes?

Pero el mercado del matrimonio de humanos no modificados se suele mencionar menos. Por lo general consiste en conquistas amorosas que le permiten poco a poco ir subiendo de escalafón social, hasta que lo acerquen a él o a los hijos a la transformación en humaquis.

La música y las corrientes vanguardistas se entremezclan, incluyendo una extraña inserción de una especie de drama ubicado en la antigua cultura humana como alusión al origen de todas las civilizaciones, trasladados a sus herederos a la fuerza en los tiempos de la primitiva esclavitud.

Y esa lucha, aún hoy, es necesaria contra una parte de la sociedad reacia a ceder su sentimiento supremacista. El mérito es poner en relieve la situación y recordar de dónde vienen y de lo que les ha costado llegar hasta allí. Así que para varios humaquis y humanos no modificados, ahora no era el momento de ceder en la lucha, hasta que la igualdad de oportunidades fuese completa.

Los humanos debían enfrentarse a aspectos muy espinosos en las ciudades de la nueva civilización liderada por los humaquis. Eran momentos complejos; una época donde según algunos humaquis, se habían superado las crisis, mientras la población humana, la no modificada, pasaba por situaciones de marginalidad, donde las ideologías extremas iban aumentando su papel en un, ya de por sí, deshumanizado mundo, donde cada día los humanos que quedaban, eran víctimas de injusticias sociales.

Las luchas por conseguir un trabajo que ya no desempeñaban los humaquis o los humanoides, era frecuente. Los humanos anhelaban un mundo mejor; deseaban disfrutar de la vida en libertad, del desprendimiento de barreras. La población, humanos no modificados y humaquis no controladores, sacudiéndose solo a medias el yugo aún fresco de esa nueva modalidad de esclavitud, empezaron a revelarse, a buscar respuestas y consejo de los pocos humanos auténticos que quedaban.

Se aferraban a sus manifestaciones culturales; empezaban a darle vueltas al asunto y a oponerse al ámbito dominante. Decidieron organizarse y, con firmeza, dar sueltas a sus ataduras, ansia liberadora y reivindicativa, que surgía como una respuesta decidida contra la opresión y que empezaba a afectar a los centros de poder de la comunidad humaqui.

Capítulo 12

Louis, en sus conferencias, exponía, sobre todo a los jóvenes, a una serie de reflexiones de calado moral. Las extraía gracias a sus vivencias, con la intención de mejorar al hombre y, por extensión, a la sociedad.

Estos inicios fomentaron en Novak y en sus contemporáneos, el interés por la educación y la cultura, que se fueron ampliando y enriqueciendo a lo largo de su vida para influir positivamente, como humaquis, en la sociedad. Con críticas a la férrea disciplina educativa del momento, afirmaban que muchos humaquis trabajan únicamente utilizando la memoria injertada y dejaban vacía el entendimiento y la consciencia.

—¿De qué nos sirve tener el estómago lleno si no lo digerimos, si no se transforma en nosotros, si no nos hace crecer y fortalecernos? —Fue una de las reflexiones a modo de preguntas formuladas en la conferencia.

—Sabemos que con los chips realizamos copias de seguridad y hasta podemos reiniciar programas para mantener su funcionamiento óptimo. Estos procesos aseguran que los datos importantes se almacenen de manera segura y que el sistema que lo utilice, ya sea una máquina, una computadora o un humano a quien le hayan implantado en chip, pueda operar sin fallos, incluso después de ser sometido a cambios o actualizaciones. Mientras el cerebro humano lleva a cabo un "reinicio" durante el sueño profundo, lo cual es una realidad alejada de la ciencia ficción; una realidad física que complementa a esa memoria implantada, cargada de información, pero incapaz de razonar, algo que aún es de exclusividad humana.

—¿Cómo es posible que el cerebro siga aprendiendo sin agotar su capacidad neuronal? —preguntó otro de los asistentes.

—Se trata de una cuestión biológica muy humana; una estructura en el cerebro que nos permite almacenar información nueva y a su vez, aprender y reajustarse, fundamentalmente durante el sueño profundo, momento en el cual la actividad neuronal ayuda a que las neuronas se reconfiguren y estén listas para nuevos aprendizajes.

—Pero el cerebro podría saturarse, lo que dificultaría o incluso impediría el aprendizaje continuo —introdujo, a manera de reflexión, otro de los asistentes, y, en seguida, Louis explicó:

—La capacidad del cerebro para reconfigurarse y adaptarse continuamente es una de las razones por las que, nosotros, los humanos, e incluso algunos otros animales, podemos seguir aprendiendo, mejorando nuestro rendimiento cognitivo en general. y enfrentarnos a nuevos retos a lo largo de nuestras vidas.

Sin duda, estas reflexiones aún permanecían vigentes. El sistema educativo en proceso de revisión y transformación, estaba siendo cuestionado por seguir el método tradicional de enseñanza y aun no haber sido capaz de adaptarse completamente a los tiempos presentes.

Más allá de la reflexión sobre el sistema educativo, la admiración de los jóvenes por la cultura, era tan grande que, varios de ellos comenzaron a crear círculos de lectura y los sábados hasta se retiraban de la ciudad para discutir sus lecturas, compartir con sus hologramas y ampliar sus conocimientos. Lo maravilloso era que se sentían inspirados, aprendían sobre empatía, justicia, honestidad, respeto, compasión y muchas otras virtudes y valores que iban incorporando para la convivencia en sociedad. Sus reflexiones y preocupaciones tenían cabida siempre, pero más aún en esa época de pérdida de valores y tendencia al narcisismo. El culto a la imagen, el deseo y necesidad de reconocimiento ampliado por los altavoces digitales de las redes sociales que se expandía a medida que los humaquis controladores contaban con más herramientas para difundir la propaganda. La imagen exterior le ganaba terreno a lo que albergaban en el interior y la superficialidad brillaba y deslumbraba, cubriendo con un manto de opacidad su interior, su humanidad. Los muchachos se estaban dando cuenta de sus propias aptitudes y empezaban a afrontar las presiones inducidas por los humaquis controladores y cada vez eran más capaces de diferenciar conceptos relacionados que involucraban salud mental, salud emocional y bienestar emocional y empezaron a luchar contra los excesos, contra la manipulación externa, contra aquello que los apartaba de quienes eran realmente humanos. Invertían buena parte de su tiempo libre, en reflexionar sobre las cosas que más les perturbaban y sobre el juicio que se hace de ellas y, en lugar de rumiar los problemas, reevaluaban las creencias de manera constructiva, para lograr una autoestima adecuada, conocer los talentos personales e invertir en ellos, saber administrar los retos, evitar compararse excesivamente con los demás, confiar en ellos mismos y, también, ser conscientes de los errores. En fin, había esperanza transformadora, porque se preparaban para tolerar la frustración y contextualizar el malestar, diferenciando lo que podían controlar y lo que no.

Los humaquis
Entre humanos y humanoides

Deseaban una auténtica libertad, es decir, la independencia de juicio, deseo y acción. Afrontaban la planificación de posibles soluciones para los problemas, la reevaluación positiva, el sentido del humor, la espiritualidad, la distracción y la aceptación de lo que no podían cambiar.

Los humaquis controladores, poco a poco habían ido seleccionando a los humanos. Determinaron cada raza y el % de sangre que tenían de cada una. Otorgaron prerrogativas máximas a aquellos que tenían genes neandertales y en general a los caucásicos, con lo cual, la tolerancia quedó atrás desde que, la ideología de raza y de género, se infiltró en la vida de los humanos. A los negroides y mongoloides, entre otras razas, no se les consideraban de interés genético.

Para los cruzamientos, llámense matrimonios, se requería un permiso especial y, poco a poco, se fue prohibiendo la reproducción que no fuese entre las razas prioritarias.

Una serie de exámenes se practicaban a los fetos y a los recién nacidos, y todos aquellos que mostraran con alguna patología, eran exterminados; igual sucedía con aquellos que no demostraban interés o progreso en aprender, hasta el punto en que inculcaron la exaltación del trabajo como vía para el desarrollo personal y la conquista de la autorrealización y, debido a esta cumbre de la manipulación por agotamiento, ya ni tan siquiera era necesario imponerles jornadas extenuantes, sino que eran ellos mismos quienes elegían autoexplorarse trabajando con altos grados de dedicación y excelencia en el desempeño y un semblante satisfecho y orgulloso por un trabajo bien hecho.

Mientras las razas prioritarias crecían, los negroides y las razas no prioritarias o no deseadas, eran empleadas en oficios que los humaquis y los humanoides no estaban llamados a realizar.

Los humanos eran seleccionados de esas razas prioritarias y se les incrustaba un chip de memoria con la información acorde con sus aptitudes, haciendo énfasis en las ciencias, la tecnología y la cultura mediática para modelar las prácticas sociales.

Todo aquel que cometiera un delito de pederastia, violación, hurto, robo o peculado, era exterminado independientemente de si era humano o humaqui.

En todo debía mantenerse la frugalidad. Estaba prohibido fumar y consumir drogas no autorizadas. También se exterminaba a aquellos que al beber se embriagaban. Recibían una advertencia y si reincidía, eran exterminados, al igual que aquellos que no permanecían delgados.

La planificación familiar era rígida. Los humanos no se podían reproducir sin permiso y por lo general los individuos de las razas no prioritarias eran castrados. Un individuo de raza no prioritaria, que por alguna razón ya no fuese de utilidad para la sociedad, era exterminado. Los trabajadores, al contraer una enfermedad considerada terminal, al igual que las incapacidades, eran exterminados sin importar si eran o no humaquis. Todo aquel que protestara era exterminado. Los humaquis no podían tener relaciones sexuales con individuos de razas no prioritarias. Cada minuto era potencialmente monitoreado y controlado; incluso el ocio y la capacidad de atención. Los controladores estaban conscientes de la eficacia de controlar a los humanos manteniéndolos permanentemente ocupados, ya que sabían que la acción era enemiga de la reflexión y que un exceso de tiempo libre invita a cuestionarse dogmas establecidos y a hacerse preguntas incómodas, de manera que, cuanto más inmersos se encuentren en los roles asignados, menos activos estarán para discurrir por terrenos que cuestionen el statu quo y puedan llegar a importunar el pilar fundamental de su estabilidad y control.

Las personas no podían dormir más de 7 horas al día. Tenían que trabajar 7 y le quedaban las otras horas para comer, bañarse, vestirse y estudiar al menos tres horas. Los humanos se habían convertido en seres frustrados y aquello que parece que deseaban no lo era realmente porque a partir de la creación de necesidades absolutamente innecesarias, se propiciaban las emociones de tal manera que el deseo quedaba a expensas de los deseos de los controladores.

Cada dos meses se analizaba el aprendizaje y, aquellos que no avanzaban en conocimientos, eran sometidos a controles más rigurosos y si no progresaban y no se requerían sus conocimientos, dependiendo de sus fortalezas, pasaban a engordar las comunidades menos prioritarias o eran exterminados. Los humanos se escondían y si se escapaban de su trabajo eran exterminados. Los humanos no recibían educación, a menos que fuesen de las razas prioritarias. Las mujeres de las razas no prioritarias, que salieran embarazadas eran exterminadas. Cuando el cuerpo de un humano o un humaqui ya no diera para más, era exterminado, y si era de la raza prioritaria podía dirigirse voluntariamente a un centro de exterminio, donde se le facilitaba su muerte. Tanto a los humanos, como a los humaquis y a los humanoides, se les distribuían alrededor del planeta, con base a las necesidades y conveniencias de conocimientos y adaptabilidad. Se prefería que los científicos vivieran en comunidades especiales donde solo vivían científicos, lo mismo con los humanistas. Todos los humaquis tenían acceso a poseer humanoides, para sus labores y diversión. Se practicaba un test básico sobre la RAM de los humaquis, con el propósito de determinar fallas y, a pesar de que desde hacía décadas ya se había incorporado la memoria RAM a la mayoría de los humaquis, se continuaba trabajando para lograr mayores, eficaces y eficientes resultados.

La identificación legal de los humaquis iniciaba con las iniciales del tipo de memoria RAM que tenían instalado y este variaba en la medida que se cambiara la RAM; por ejemplo: DDR DRAM, DDR2, ...DDR6. A los infantes se les colocaba una nano memoria externa, como la que se le había incrustado a Novak cuando aún era niño. Los animales estaban prohibidos como mascotas y por lo general eran los humanos los que infringían esa ley. La pena era el exterminio. Los zoológicos no existían, pero algunos animales eran mantenidos en cautiverio para ser estudiados. La telepatía ya era un medio de comunicación empleado corrientemente entre los humaquis más avanzados y humanoides, pero los humanos no modificados, todavía no habían desarrollado esa particularidad. Los humanos negroides, que aún se permitían, eran asignados a las zonas costeras y calurosas, los mongoloides a las montañas y los árabes a los desiertos. Los dispositivos tecnológicos utilizados en los humaquis y en los humanoides, son de una tecnología digital de grandes complejidades, muy lejos del dominio de los humanos no modificados, ahora más atenazados mediante un estricto, crudo y desesperanzado control.

Aunque contrastan abiertamente con un hermoso paisaje natural que se extiende en todos los horizontes, los habitantes parecen tan acostumbrados a ellos como a los lagos o a los bosques. Los niños potencialmente humaquis, juegan con algunos dispositivos rudimentarios, incluso desarman computadoras y hasta humanoides, haciéndoles importantes modificaciones y adaptaciones. Pero, los formaban sin creencias, ideales, valores, principios y códigos de trato social, que los iba convirtiendo en seres que cada vez más se asemejaban a los humanoides.

Capítulo 13

A pesar de esa sociedad altamente tecnológica, los problemas seguían siendo muy humanos: los sueños frustrados, la relación entre padres e hijos, las dificultades sicológicas y sentimentales de afrontar la muerte de un ser querido, la desesperación e impotencia frente a un accidente mortal o una muerte natural.

Algunos humanos y humaquis eran adictos a tener relaciones sexuales con humanoides; incluso, las relaciones virtuales eran cada vez más dominantes y, tenerlas con metaversos, avatares y hologramas, ya se consideraba algo natural. Pero existían también amores, amistades, formas de adaptarse y encontrar pareja. Los humaquis preferían las relaciones sexuales con humanos no modificados, que, al parecer, los encontraban irresistibles, porque encontraban que el sexo, aunque controlado, nunca era solo sexo, ya que había mucho más en juego: castigo, amor, venganza, fantasía, intimidad, odio, etc. Y, aunque los controladores pretendían inculcar en la cultura, que el sexo era puramente una fuente de placer, algo a lo que se podía acceder y luego pasar página, sin embargo, el dolor, la angustia y la pena que a menudo le seguía, demostraba que nunca podía estar totalmente desconectado de las relaciones humanas y, por supuesto, cuando tenían relaciones con otros humanos, entraban en contacto con sus propias historias, fantasías, preferencias, elecciones, que tenían un gran efecto sobre las propias. Por tanto, cada encuentro era diferente, aunque a primera vista parecían iguales.

Los niños permanecían curiosos y atónitos frente a los presupuestos del mundo de los humaquis y en sus sueños indagaban constantemente sobre los humanoides, sin medir las consecuencias. Sin embargo, eran los que mejor parecían comprender lo que existía detrás de las nuevas tecnologías: podían no comprender por qué sus abuelos o sus padres no eran tan inteligentes como ellos y aún experimentaban más intensamente el dolor, pero a la vez podían aceptar a un humanoide como un amigo entrañable, pero dudaban de los humanos que no habían sido implantados con inteligencia artificial. Los niños, aún no del todo adaptados a las intervenciones en el diseño del destino común de las tecnologías que los debían transformar en humaquis, estaban a su vez más abiertos y ansiosos a reconocer "las ventajas" de poseer humanoides y deseaban, algún día, ser como ellos. Estos niños, hijos de humanos, sobre todo hijos de humaquis, desconocían las costumbres, preceptos sociales y experiencia de sus progenitores, lo que les permitía entrever cosas que los humanos no modificados desconocían o desestimaban, en un mundo que tenía una organización social y política, diseñada para trastocar espacios y tiempos como parte de la cotidianeidad.

Clandestinamente, un humaqui se reunía con otros humaquis y algunos humanos. Los conversatorios eran interesantes.

Se aseguraba que al final las máquinas tampoco sabían lo que era bueno o malo y que si los gobernase una máquina que no sabía cómo funcionaba, estarían sometidos a una dictadura inminente, a la de los humanoides.

¿Hasta qué punto se condiciona que el algoritmo diga que se es compatible con una persona determinada? Hay estudios que demuestran que el hecho de que un algoritmo detecte un alto porcentaje de compatibilidad entre dos personas, condiciona que la cita salga mejor que si detecta que no hay compatibilidad; pero eso no significa que necesariamente se encontrará el amor.

Novak y sus amigos, no se pelaban una conferencia. Por lo general se extasiaban escuchando al conferencista y siempre querían más y más. Deslumbrados, tomaban nota para luego discutir entre ellos los mecanismos que los controladores utilizaban para transformar a los humanos, crear el humaqui ideal e inducir la servidumbre y los aspectos que habían llevado al mundo a la crisis contemporánea de la libertad:

Condicionamiento de los infantes: donde se usan técnicas avanzadas de sugestión mediante sueños inducidos.

- Desarrollo de una sociedad basada en diferencias genéticas altamente avanzadas, que permiten a los controladores asignar a cada individuo el lugar más conveniente en la jerarquía social y económica.
- Las distintas estrategias para manipular a las masas, tales como la desinformación, infoxicación, distracción, maniqueísmo, populismo, polarización, uso de las emociones, sesgos informativos, la sustitución del alcohol y los narcóticos, por drogas de consumo obligatorio, desarrolladas por los científicos y consideradas más convenientes para los intereses del régimen, menos dañinas, tranquilizantes, alucinógenas y más placenteras.
- Intervención a los humanos a partir de inserciones de chips en el cerebro, para

contrarrestar los genes arcaicos e indeseados, con el propósito de perfeccionar a los humaquis, o sea, la uniformización del producto deseado.

A medida que la libertad política y económica disminuía, la libertad sexual erótica de pura satisfacción tendía, en compensación, a aumentar y a favorecer la libertad de soñar despiertos bajo la influencia de los narcóticos, las redes sociales y el metaverso. Consideraban que esa libertad sexual ayudaría a reconciliar y a acercar a los humaquis con los humanoides, que es el objetivo del régimen.

En uno de los conversatorios, un joven humaqui preguntó al conferencista:

—Pero ¿cómo es que nos encontramos y toleramos esta esclavitud?

—Bueno —respondió el conferencista—, aunque esto nos parecía en aquel tiempo una película apocalíptica, empezamos a profundizar, cada vez más en las inteligencias artificiales que no necesitaban ya de la intervención humana para aprender y crear otras máquinas inteligentes.

—Pero eso no es tan malo —intervino otro de los asistentes—. Usar la inteligencia artificial para profundizar en el empleo de más inteligencia artificial, es un paso importante para conseguir y perfeccionar a los robots y hacerlos más convenientemente avanzados.

—Si, hasta allí tienes razón —intervino otro de los asistentes—, pero no es bueno construir máquinas que finalmente superen a los humanos y que tengan la posibilidad de descubrir diferentes tipos de inteligencia para reemplazar a los humanos por humaquis y humanoides que terminen en controladores y en el exterminio de los humanos.

—Pero se pensaba que la mejor manera de hacer que la inteligencia artificial aprendiera era lograr que ella misma aprendiera por sí misma, que no solo aprendiera tareas específicas, sino que también aprendiera a aprender esas tareas de manera que pudiera adaptarse a situaciones nuevas.

Las intervenciones continuaron:

—Lo que quiero decir es que esa inteligencia artificial sin ningún límite, ha llevado a los humanos a conseguir oportunidades técnicas en las que nunca se imaginaron que dejarían de pensar por sí mismos, y no fue solo que inventaron nuevas formas de pensar, nuevos algoritmos o redes neuronales, o incluso abandonar las redes neuronales por completo, sino que, durante décadas, los investigadores de inteligencia artificial desarrollaron algoritmos para imitar la inteligencia humana y lograron transformar a algunos humanos en incipientes humaquis, llamémoslos así, mediante algoritmos que inicialmente intentaban imitar la resolución de problemas de la evolución y dedicaron recursos a investigar lo que surgía de ello. Así que al principio construyeron sistemas que inventaban sus propios desafíos, los resolvían y luego inventaban otros nuevos, y así y así.

—El hecho de que la inteligencia artificial comenzara a generar inteligencia por sí misma no tendría problemas si se hubiese colocado unos límites —aseguró otro.

—Por supuesto, pero no fue así, sino que no se garantizó que fuese beneficiosa para los humanos y que en lugar de que los humanos enseñasen a las máquinas a pensar como los humanos, las máquinas empezaron a enseñar a los humanos a pensar como máquinas.

—¿Pero no han sido beneficiosos esos algoritmos especializados en ciertas tareas en las que se pueden alcanzar rendimientos muy superiores a los de los seres humanos?

—Al principio sí, claro; inicialmente fueron incapaces de desempeñar labores distintas de aquellas para las que fueron diseñados y entrenados, hasta el punto en que desarrollaban tareas que eran intratables para las máquinas hasta hace apenas unas décadas, como el reconocimiento de imágenes y el procesamiento del lenguaje natural.

—¿Y las redes neuronales?

—Esa es otra cuestión. Ellas fueron una familia de algoritmos con una alta capacidad de adaptación y rendimiento, basada en su formulación matemática y también en el aumento de la capacidad computacional.

—Entiendo que esas redes nacieron con inspiración biológica.

—Así fue. Su pretensión era emular el cerebro humano. Su estructura más fundamental la conforman neuronas artificiales que comenzaron a jugar un papel análogo a los sistemas nerviosos reales de los humanos. Se trataba, en aquel entonces, de unidades sencillas, dispuestas en paralelo y que formaban capas de procesamiento que entrenan cada neurona individualmente y su número, en un sistema, definía la profundidad de la red y, solo cuando se contaba con dos o más de estas, se usaba el término aprendizaje profundo que terminaron empleándose para realizar, aún con más precisión que con las redes de una capa, diversos tipos de tareas y fuentes de datos: desde análisis y comprensión de textos, hasta encontrar elementos en una imagen y describir la escena en una fotografía, e incluso sugerir nueva música basada en las preferencias de los humanos.

—¿Pero ¿cómo funcionaban realmente?

—Bueno, se fue expandiendo la formulación matemática original de las redes neuronales, lo cual permitió su entrenamiento con más de una capa. Redes neuronales profundas que realizasen adecuadamente una tarea a partir de un conjunto de datos. Estas técnicas hicieron que las redes se corrigieran a sí mismas, haciendo que varios grupos de neuronas aprendieran a reconocer las características relevantes de los datos de entrada, combinando el diseño a medida para cada tarea con una serie de principios comunes para el entrenamiento. Esto les permitió explotar características intrínsecas de los datos y realizar tareas con alta precisión.

En otra oportunidad, otro conferencista aseguró que "El futuro ya está aquí. No lo digo yo, habrán escuchado esta frase a menudo en los últimos años. Es evidente que el futuro siempre llega, y en este caso parece que está más cerca que nunca, pues conlleva, además de grandes esperanzas, una de las peores pesadillas, porque, a la larga, el trabajo comunitario, el pensamiento controlado, cercena la creatividad dejando el poder efectivo en los humanoides. Dicho así quizá se imaginan un ente humanizado con apariencia humana. Piensen en esos algoritmos que afectan directamente a las vidas sin que nadie los haya adquirido en una tienda, al menos conscientemente. Humanoides que han aprendido a aprender, que utilizan su experiencia para tomar decisiones sin intervención humana, ni siquiera de los humaquis. El profano en la materia no imagina qué se cuece tras las afirmaciones de una autonomía que, la verdad, da un poco de miedo. Las interfaces cerebro-máquina permiten sumergirnos o sobrevolar estos mundos y ya somos capaces de crear los nuestros solo con pensar en ellos. Hoy, los humanos vivimos en una sociedad transparentemente indeseada, vigilada por un poder central con acceso a nuestros datos, actividades y pensamientos".

Conscientes de ello, los asistentes a conversatorios clandestinos, empezaron a comprender que la implantación de chips para convertirlos en humaquis, estaba originando problemas éticos porque reducía al ser humano a datos y lo hacía objeto de ciberataques por parte de los humaquis controladores, quienes, empleando el transhumanismo, leían los pensamientos mediante decodificaciones de las señales cerebrales que controlan la neuroprótesis implantada en el cerebro.

Igualmente han venido denunciando los temas morales y éticos empleados en la supuesta evolución del Homo sapiens anatómicamente moderno, que escapa de lo biológico y se va convirtiendo, primero en humaqui y luego en humanoide, mediante alteraciones biogenéticas y biotecnológicas, interfaces cerebro-conciencia-máquina, que, aunque dicen que son poco invasivas, repudian las capacidades humanas naturales, exaltando una supuesta evolución que no figura en las categorías biológicas y que difícilmente puedan ser completamente controladas, aunque prometen que los humaquis se sentirán mejor físicamente y pueden comunicarse fácilmente con los amigos, familiares y pares humaquis, sin importar en qué parte del mundo se encuentren, ya que se trata de una inteligencia artificial consciente del contexto, que los ayuda a navegar por el mundo que los rodea, optimiza el rendimiento atlético y cognitivo y sincroniza cerebro con cerebro.

Los humanos y algunos humaquis, se preguntan si existen límites, y algunos plantean incluso la posibilidad de un ciberataque a la mente humana. ¿Qué pasa si un atacante es capaz de saber cuáles son tus sentimientos, tus sensaciones o tus pensamientos?; en todo caso los controladores inicialmente vendieron la idea de los chips, prometiendo mejorar al ser humano, acabar con el envejecimiento o la muerte. No obstante, los problemas seguían aumentando y diversificándose; la libertad era solo una ilusión y el mundo seguía más deshumanizado que antaño. Ese desarrollo tecnológico que inicialmente se había concebido para mejorar la existencia del ser humano, había cambiado radicalmente para maximizar su sometimiento generalizado a los humaquis controladores.

Novak recordaba algunos mensajes que hacía muchos años su papá le había dicho, que, para funcionar, la inteligencia artificial necesitaba muchos datos y que su combustible eran paquetes de información y la inteligencia artificial lo que hacía era aprender de ellos, de modo que se empleaban como patrones y, aplicando la estadística, era capaz de realizar predicciones de futuro. Le advertía la necesidad de estar consciente de que, sin esa data, la inteligencia artificial no existiría y que era obvio que quienes suministraron esa información habían sido los humanos, y lo hicieron voluntariamente, pues la tecnología se había instalado en sus vidas y ya no había retorno.

Eso había pasado mucho tiempo atrás, cuando de niño ya estaba inicialmente con una nano memoria y luego con un chip avanzado y que consiguió prosperar, no como un humaqui controlador, por supuesto, sino como un humaqui con sueños de una vida diferente, similar a otros humanos en cualquier parte, que a veces luchan y otras se hunden, que simplemente sobreviven lo mejor que pueden en esa sociedad completamente desigual en la que las oportunidades de ninguna manera están al alcance de todos.

Aquello seguía siendo para él tan vívido como entonces y, a medida que iba creciendo y se educaba, le fue picando furiosamente una curiosidad terrible, pero virtuosa, que lo obligaba a pensar en un mundo muy distinto, en el cual la vida de unos seres ha sido alienada por la ciencia y la tecnología, lo cual le hacía sentir una especie de dolor, rabia, mediocridad y ansias de cambiar.

Su padre le había insistido en que muchos humaquis eran seres que no tenían nada, ni esperanzas de tener algo alguna vez. Y quien no tiene nada que perder y sólo un objetivo en mente, puede volverse muy peligroso para los que ostentan el poder. Se va metiendo en una espiral en la que cada vez va descendiendo un peldaño más, hacia la oscuridad, hacia los humaquis controladores y los humanoides empleados para mantener el control.

Su padre lo estuvo metiendo rápidamente en ese mundo, que no se parecía al de su infancia pero que ya era. Poco a poco lo fue envolviendo y terminó sintiendo conocerlo de toda la vida. Su padre lo trasladaba allí de una forma magistral, presentaba a los seres humanos como eran, pero también en lo que se estaban convirtiendo; en humaquis controlados por otros humaquis en pleno comino para ser humanoides, y le iba explicando lo que sienten los humanos y lo que hacen para aferrarse a lo propiamente humano y dejar de sentir ese dolor sordo que le acompaña, y cómo los acontecimientos se van precipitando hacia un final brutal y descarnado.

Capítulo 14

Por su parte, Louis continuaba con sus charlas. En una de ellas, con motivo del Movimiento anti humaquis controladores, que por esos días había estallado en la comunidad controlada por los humaquis, aseguró que cada vez reprimían más en lo político, personal, íntimo y cultural, a los humanos que han sobrevivido a los episodios crueles y degradantes que marcan épocas de exterminio que se han extendido con tenaz opresión a comunicadores, artistas e intelectuales; todos humillados, vigilados, segregados y utilizados como animales en las labores que los humaquis y los humanoides no estaban llamados a ejecutar.

"Los humaquis somos seres en mutación y mestizos", decía. "Hoy, la pureza es considerada decadente, y, aunque todos somos mestizos, seres en permanente mutación, tal vez seamos el ejemplo más extremo de ese mestizaje: Seres que estamos muriendo y renaciendo a algo nuevo, pero cada vez más perverso".

Para Louis, los humaquis deberían ser la semilla de la humanidad que va a venir, no son el final de la humanidad, sino el principio de una humanidad que se potencia a un nivel superior.

"Se que los jóvenes admiran a los humaquis, porque ellos mismos están mutando —decía—. La mejor forma de mutar es reconocer que somos seres mutantes, que somos humaquis, y montarnos en ese cambio, en ese desprender de las carnes de lo que fuimos para llegar a ser distintos y cristalizar la esperanza de ser mejores.

No obstante, si te crees superior, no vas a mejorar. Hemos evolucionado, sin duda; en muchos aspectos, pero la verdadera evolución, que hoy es tortuosa, llena de descaminos y desviaciones, se dará solo si nos montamos en lo que realmente somos. Y lo repito: somos humaquis, seres mutantes seres dolorosos, y a partir de esa conciencia, podemos dar ese paso que se espera de nosotros.

Nuestra conciencia del mestizaje, que ha sido problemático y difícil, ha hecho que consideremos como el único mestizaje posible el de las razas y culturas, porque es el que más gravita sobre nosotros. Pero el mestizaje, para lograr lo que hoy somos, humaquis, implica mucho más. Es una herramienta para comprender el mundo, como la metáfora. Puedes ver que la pureza es discriminatoria, puedes ver que la pureza es homogeneidad y esta es también pobreza".

La charla llegó a su fin y las hileras de asistentes, donde se encontraban humanos y humaquis, empezaron a vaciarse y el auditorio fue quedándose desierto, pero no del todo.

Un hombre vestido con elegancia, de gruesas piernas, atezado, musculoso, de aspecto campesinado, con el cabello moteado de gris y una tosca barbilla, pero de semblante tranquilo y frío, se quedó atrás y se acercó a Louis. Había permanecido escuchando toda la charla concentrándose en cada palabra y transmitiéndola directamente al comité de seguimiento, mediante el chip que tenía incrustado Louis.

—¿Podemos hablar un momento? —Le lanzó una mirada extraña y contenida. Louis se puso nervioso; había algo en aquel humaqui, que le daba desconfianza.

—¡Por supuesto!

—Mi nombre es Fiord, trabajo como investigador y desarrollador de inteligencia artificial del Instituto Trans.

—¿En qué puedo ayudarlo?

—Habla poco positivo sobre nuestros progresos en la inteligencia artificial que nuestro gobierno lideriza.

—Trato de discernir sobre la sociedad actual y las mejoras que debemos introducir para lograr un ser humano y un mundo mejor.

—Sabemos que, mediante sus conferencias, usted ha venido sembrando una ideología contraria a los intereses de nuestro gobierno.

—Enfatizo que hay adelantos positivos y otros que no lo son.

—Pero en el fondo, sus charlas incitan a los humanos y a los humaquis, a que protesten y se levanten en contra del progreso. El comité de seguimiento ha recibido varias quejas al respecto.

—¿De quién? —preguntó Louis, al tiempo que se ponía nervioso.

—No puedo decírselo, pero me han pedido que investigue su comportamiento.

Louis notó que el tipo había respondido con la voz algo alzada, como para asegurarse de que todas las personas que se habían aglomerado alrededor de ellos, lo oyeran. Algunos de los asistentes a la conferencia, que habían permanecido en el recinto, se acercaron a Louis y al humaqui.

Louis estaba perplejo, el pensamiento bullía en su cabeza y luchó contra las ganas que le impedían polemizar y solo asintió cortésmente, como un hombre de inteligencia poco común, que había llegado a adquirir cierta condición mórbida y poseía la facultad de hacer un esfuerzo poderoso en el cual, una persona de elevada educación, invierte su fuerza vital para permanecer tranquilo.

—Entiendo.

—En esta oportunidad no le pediré que nos acompañe a nuestras oficinas, pero le aconsejo, por su propio bien, que, en el futuro, cuide sus opiniones en contra del gobierno.

Sus palabras, obviamente eran una clara amenaza.

—En realidad, en mis charlas lo que he advertido es que los humanoides pueden saltarse las medidas de seguridad con las que fueron diseñados, pueden asumir el control de los humanos y humanoides y dejen de reconocer el mando de los que los seres humanos, o bien, ocultar información estratégica al saber que están siendo evaluados y controlados.

—Estamos seguros de que eso no sucederá, porque hemos mejorado los sistemas de seguridad.

—Estoy de acuerdo en las mejoras, no obstante, todavía hay una infinidad de inexactitudes y mal uso de la tecnología, que tienen un especial impacto en los humanos y los humaquis.

—Insisto —intervino nuevamente el científico enviado a hablar con Louis—, tenemos controlada la inteligencia artificial y estamos satisfechos. No obstante, es cierto que la realización de las cada vez más complejas tareas, son susceptibles de más y mejor planificación y razonamiento de nuestra parte, para que puedan interactuar entre sí, y con los humanoides, de forma flexible y segura.

—Repito, como usted seguramente se ha dado cuenta, en mis charlas admito que hay asuntos en los que indudablemente hemos progresado, y eso está bien, pero también es cierto que existen áreas que están mal. Y, lo que advierto es que puede darse un desarrollo incontrolado de esos humanoides y llevar a la aparición de una superinteligencia; una inteligencia artificial superior a cualquier humaqui y capaz de potenciar rápidamente sus propias habilidades, quizás de manera exponencial, con consecuencias imprevistas, ya que se priorizan los objetivos primarios sobre los daños colaterales y los humaquis pueden perder la autonomía y la capacidad para tomar decisiones adecuadas.

—Ese escenario está asociado a suposiciones alarmistas de consecuencias desestabilizadoras para el gobierno y sus planes de desarrollo.

—Mas bien me refiero a consecuencias catastróficas, ya sea por las acciones de la propia inteligencia artificial, o bien, por sus posibles usos maleficios, por parte de actores maliciosos.

Los que se congregaban en torno a Louis, protestaban ruidosamente. Las cosas se estaban poniendo un poco histéricas y Fiord tuvo que levantar la voz para hacerse oír:

—Por su bien, tenga en cuenta mi advertencia —recalcó; inclinó la cabeza haciendo una especie de referencia y, antes de salir del auditorio, el investigador, Fiord, adoptó una actitud más autoritaria.

—No serás consciente del peligro hasta que vaya haciendo mella y la cosa no tenga remedio y seas detenido, desconectado —le advirtió nuevamente.

—No me rendiré —aseveró—. Pero me lo temía.

—Y tal vez ejecutado —opinó uno de los que acompañaba a Fiord, que evidentemente conocía la receta.

Algunos se habían ido, pero en el salón permanecían unas cuarenta personas, todos humaquis, que al final produjeron un murmullo de sorpresa, terminaron abucheando y gritando en prolongadas ráfagas de indignación. La gente estaba hecha una furia. Un aullido de conmoción colectiva y un instante después, los que aún permanecían en el local se aproximaron a quien acompañaba a Fiord, gritando de ira. Por unos momentos, Louis se sintió en verdadero peligro, con miedo a que la turba linchara al tipo que lo había amenazado. Parecía ser el único que entendía las sombrías implicaciones de lo que estaba pasando, y por primera vez reprendió a los asistentes por su comportamiento, desestimando lo ocurrido. Los demás tomaron sus palabras como una señal de que estaba disgustado, pero Louis no estaba enfadado sino preocupado, asustado o desanimado, o las tres cosas a la vez, y que lo ocurrido no significaba nada extraño. No obstante, era la primera vez que Louis veía cómo una multitud se convertía en una turba desquiciada, y por difícil que resultara asimilarla, la lección irrefutable que aprendió aquella mañana fue que a veces la muchedumbre podía expresar una verdad oculta que ningún individuo aislado se hubiera atrevido a manifestar; en este caso, la verdad acerca del resentimiento e incluso odio que sentían hacia los humaquis controladores.

Logró calmarlos. Se despidieron y Louis recorrió el camino de vuelta, despacio, sintiendo el aire frío de aquel funesto día, temeroso de lo que pudiera encontrar en su casa. Tenía el ánimo fatalista, pero todo lo que deseaba hacer era perseverar en su propósito para ayudar a lograr un mundo mejor.

Capítulo 15

El ambiente era cada vez más insano; los abusos, la impunidad criminal, las vidas paralelas, las relaciones al límite de lo legal y pasando todas las líneas rojas de lo meramente ético, ejercían influencias visibles en todos los ámbitos. Los problemas iban en aumento; existía un exceso de control social, inexistencia de la propiedad intelectual, caos legislativo y exacerbado racismo.

Dado el color de la piel los humanos, incluso algunos humaquis, tenían problemas a la hora de encontrar trabajo, alojamiento o de relacionarse con los incipientes humaquis.

Los humanos no modificados y muchos humaquis, estaban conscientes de que vivían en una sociedad hiperproductiva, en la que cualquier actividad estaba supeditada a estándares de rentabilidad; de manera que nada se hacía sin que eso encerrara un beneficio tangible. La tierra estaba convertida en un lugar hostil, en el que todos competían entre sí para lograr el éxito y el progreso esperado por las voraces y acechantes fauces del continuo rendimiento. Se sabían prisioneros que, bajo una entusiasta ilusión de libertad, les reprimían la emoción, el juego y la comunicación. Vivían en una especie de esclavitud moderna de la que no se liberarían fácilmente.

Se había venido trabajando en el comportamiento de los humanos, que por muchísimos años habían dejado a las ciudades plagadas de ruinas de rascacielos, escuelas y templos, lápidas sin nombre, placas de calles, vagones de naves, casquillos de bala, máscaras, banderas y una diezmada población. El egoísmo era inherente en aquella sociedad que ahora empezaba a analizarse profundamente a la luz de los efectos negativos que producían sobre la humanidad. Todo lo que se estaba viviendo era la consecuencia de una sociedad que había actuado irresponsablemente. Tanto los humaquis, como los humanoides, habían creado diferentes y mayores problemas. Se potenció el consumo de drogas buscando experimentar sensaciones y encontrar mayores satisfacciones. Cada vez necesitaban más y más potentes drogas para vivir nuevas experiencias.

Quien pensara que bastaba con el control individual para resolverlo, estaba equivocado, cada uno de los humanos, por sí mismo, no podía hacer nada y era necesario que se unieran; que asumieran su responsabilidad.

Novak retrocedió sus pensamientos hasta su niñez y recordó que su madre le había preguntado a su padre, que para qué le había contado esas cosas a un niño de esa edad que seguramente no podía entenderlas. Lo recordaba con claridad porque al principio le había parecido oír que su padre aseguraba que en un periodo relativamente corto adquiriría conciencia y conocimientos inimaginables.

Ahora, Novak se había convertido en un tipo fornido, corpulento, que medía, más o menos, uno ochenta de estatura. Su era mirada limpia y poseía un aura de tranquila confianza en sí mismo. Era un humaqui cómodamente asentado en su propio terreno, en su propia mente. Ya se le habían incrustado un avanzado chip de memoria RAM con elevada capacidad en Ecología, Ambiente y Bioingeniería. Además, contaba con su madre y con padre como sus confidentes y siempre dispuestos y a su lado cuando él los necesitaba. Dadas las circunstancias, se escondía de las tropas de los controladores que estaban formadas por humanoides capaces de detectar a aquellos humaquis rebeldes o defectuosos como él. No obstante, permanecía en comunicación con otros humanos rebeldes y algunos humaquis que se resistían a perder la poca humanidad que aún les quedaba. En las reuniones clandestinas, describía la lucha que se libraba en ese momento, tal como la vivía y tal como debió impactar a humanos muy parecidos a él y modificados para ser humaquis. Poco a poco, sus ideas, aunque de humano vulnerable, pero siempre dispuesto a no rendirse, dieron origen a la creación de un movimiento libertario y se colocó a la cabeza de él.

Aquello era peligroso, muy peligroso. Estaban hablando de mezclarse en política real en contra del régimen. Era una locura que personas ajenas a todo aquello, como Louis, llegaran a involucrarse, pero era mucho lo que había en juego. Louis no podía permanecer impasible frente a una conjura contra los humaquis controladores, sobre todo cuando tenía en su mano la posibilidad de ayudar a derrocarlos; aunque para él sería peligroso revelar los detalles del levantamiento y para Novak sería un suicidio.

Los humanos y muchos humaquis, se distanciaron de los humaquis controladores y se erigieron como héroes que gritaron que no, que el mundo no debe continuar por ese camino que los estaba conduciendo a la autodestrucción.

Finalmente, con el sistema debilitado y la tierra prácticamente desierta, la situación se volvió insostenible, los humanos y humanoides se organizaron y decidieron dejar la esperanza y luchar; acabar con el tormento, tomar el poder, su poder, para cambiar las cosas.

—No sé si esto dará resultado, pero vale la pena intentarlo. Escuchen —pidió Louis. Y enseguida les expuso su plan que consistía en algo sencillo y quizás anticuado, pero que, por lo simple y arcaico, los controladores no lo esperarían nunca.

Se pusieron en marcha casi de inmediato: treinta humaquis y veinte humanos no modificados. Cuando oscureció, se dirigieron al edificio de control central. A medianoche se detuvieron a descansar. En el en que la oscuridad era más intensa y sólo les queda un kilómetro para llegar al edificio central, Louis se volvió hacia los demás y les pidió que se quitaran los zapatos y se quedaran en puras medias y se cubrieran la cabeza con un gorro especial de plástico suave, diseñado especialmente para aislar las comunicaciones emitidas por los chips.

—Permanezcan callados y esperen a que se haga completamente de noche y vallan a nuestro encuentro, al pie del edificio. ¿Entendido?

—Sí Louis —respondieron al unísono.

—¡Muy bien! —exclamó Louis—. Todos los demás sigan a Novak.

Todos se pusieron en marcha. Desde el oeste soplaba un ligero viento y el susurro de los árboles cubría el sonido de la respiración de los cincuenta humanos. Una luz que iluminaba trémulamente, permitió visualizar, al fondo de la oscura ladera de una colina, las blancas paredes del edificio central. Louis temía que, como le habían indicado unos guardias comprometidos en el asalto, los humaquis tendían gente de guardia en el edificio y requerían extremo cuidado para no perder el elemento sorpresa. El grupo se deslizó por el costado del edificio. Todo permanecía en completo silencio. Un grupo se reunió cerca de la puerta central, a nivel del suelo. Los del otro grupo caminaron a través de un laberinto de angostos senderos para salir en la esquina noreste, cuyas paredes estaban construidas sobre grandes terraplenes rodeados por un foso y se mantuvieron pegados a las paredes exteriores de la zona despejada.

Los guardias aliados habían advertido que anduvieran con cuidado, porque ese espacio abierto tenía como objeto permitir que los guardias hicieran un buen disparo sobre cualquiera que se acercara a las paredes exteriores.

La oscuridad total llegó y Louis emitió un ligero sonido con la boca. Era la señal acordada. Cada uno de los cincuenta hombres, repitió el sonido. Los guardias no comprometidos, seguían sin aparecer, los hombres empezaron a impacientarse y el sonido de sus murmullos era preocupante. Louis oyó a alguien toser. Luego sonó como una raspadura, como si estuvieran abriendo una pesada puerta, que, en efecto, se abrió y un humaqui salió frotándose los ojos y tosiendo, seguramente debido al polvo dispersado por las computadoras. Luego aparecieron dos guardias armados, ajustándose las correas y haciendo un recorrido exploratorio a lo largo de los muros. Esa era la señal que indicaba a Louis el momento convenido para entrar en el edificio. De manera gradual fueron apareciendo los hombres que acompañaban a Novak. Louis tenía la esperanza de que los guardias vacilarían antes de usar la violencia con unos humaquis que parecían estar disfrutando la noche por las cercanías al centro. Había acertado, en efecto vacilaron. Para entonces ya habían avanzado suficiente y formado una barrera plantando cara a los guardias. Ambos bandos se llevaron las manos a las armas, permaneciendo en silencioso y conteniendo el aliento. Algunos se conocían; incluso, varios eran amigos entre sí. Uno de ellos sacudió negativamente la cabeza. El otro se encogió de hombros y los condujeron hasta la sala de control y tomaron las riendas de todas las operaciones, que incluyó la reprogramación de la actitud de los humaquis y humanoides, que ahora, la mayoría, dejó de ser hostil y se sumaron a la causa, de manera que la toma del control no se tornó violenta.

Fiord, el tipo que había amenazado a Louis, en una oportunidad, supo que había infravalorado la magnitud del descontento, las ansias de libertad que se había propagado entre los humanos y humanoides, mientras ellos, los controladores, seguían promulgando leyes llenas de niebla y oscuridad. Fiord se sintió dominado por un terror histérico, abrumador, demencial, y, al darse cuenta de que todo estaba perdido, no quiso correr el riesgo de perder la vida y gritó:

—Esto es una insurrección criminal de humanos y humaquis que odian a los humaquis de bien y odian el progreso. ¡Nos han vendido, larguémonos de aquí! —Sin embargo, ninguno de los que lo acompañaba quería exponerse al peligro de perder la vida. En cuestión de segundos, todas los humaquis que esa noche se encontraban de guardia, se rindieron, y los pocos que trataron de huir fueron prendidos.

El edificio central era suyo y, en el resto de los centros del control esparcidos por la tierra, se desarrollaban pequeñas batallas. Escaramuzas, arrebatos, controladores contra libertarios. La resistencia cedía, fue el mundo que se desató, y con ello el inicio de un renacer del ser humano.

Capítulo 16

Siguieron ocho meses consecutivos de disturbios y luchas. La resistencia de los humaquis controladores había perdido su significado y ya era cosa del pasado y la libertad se había convertido en el evangelio supremo. Adoptaron todas las medidas necesarias con el fin de repeler cualquier resurgimiento de los humaquis controladores, y tan grande fue ese poder que en cuestión de meses la palabra humaquis controladores se convirtió en historia.

Zora no había vuelto a saber de Novak y sentía que habían sido los peores meses de su vida. El dolor por ese distanciamiento se había ido convirtiendo en una pena sorda que trataba de mitigar pasando largo tiempo paseándose por el bosque y contemplando correr el arroyo frente al cual Novak le había confesado su amor. Deseaba hacer algo que la consolara, pero no sentía entusiasmo por nada. Observaba los árboles y los animales con indiferencia, sin detenerse a disfrutarlos, como lo hacía antes. Continuaba preparando la comida para su madre y muchas veces ni la probaba. Se había quedado sin energías. Si pensaba hacer algo, no lo realizaba, ni un banco de cocina con la madera sobrante o terminar las paredes de su casa rellenando las grietas con barro del arroyo; incluso, ni siquiera preparar trampas para conseguir las proteínas que necesitaban. Por lo demás, las cosas no habían cambiado mucho y, a pesar de haber perdido todo entusiasmo, pasaba las tardes leyendo, pues había aprendido a estar fácilmente con ella misma y sabía disfrutar de su propia compañía de manera enriquecedora y transformadora. Había avanzado muchísimo; utilizaba la biblioteca que tenía en su computadora, que cargaba con la luz solar y, por razones obvias, por seguridad no estaba conectada con las redes satelitales, para que no fueran localizadas.

Novak le había actualizado muchas informaciones sobre algunas materias e inquietudes que surgían de sus conversaciones; de manera que complementó bastante bien la que, con regularidad, le traía su padre en memorias portátiles, cuando regresaba de sus viajes a las ciudades cercanas y, aunque era reducida y ahora desactualizada en muchos sentidos, sobre todo en matemáticas, física y química; y no se diga en computación e inteligencia artificial, las obras de literatura y filosofía, no cambiaban mucho.

Los humaquis
Entre humanos y humanoides

A pesar de su entusiasmo por el estudio y la lectura, seguía en un estado de insatisfacción, día tras día, levantándose tarde, yendo a caminar por el bosque y comer cuando sentía ganas, pasando horas viendo fluir el arroyo y hasta quedándose dormida a su orilla, sobre todo cuando leía algo de poco interés para ella.

Encontró decepcionante mucho de lo que leía. Había páginas de genealogías, relatos repetidos hasta la saciedad e interminables especulaciones filosóficas. El primer libro que de verdad le atrajo, narraba toda la historia del mundo desde la creación hasta la profundización en la inteligencia artificial, los humaquis y los humanoides. Cuando lo terminó tuvo la certeza de que sabía suficiente para conversar con Novak sobre ello. Al cabo de un tiempo comprendió que la pretensión del libro de narrar todos los acontecimientos no era plausible, ya que, en las conversaciones que había tenido con Novak, quien estaba recibiendo formación avanzada en ciencias y tenía, como humaqui, incrustado un chip con información especializada, se daba cuenta de que el mundo había avanzado mucho y era muy diferente al que su padre le había ayudado a comprender. No obstante, sus lecturas habían despertado en ella un conocimiento del pasado, de la historia. No obstante, temía que el movimiento libertario se tratara tan solo de una ilusión, una utopía que pretendía que la justicia se extendiera ampliamente a todos los seres humanos.

Pasarían once meses y medio; prácticamente un año deprimente para Novak, un largo tiempo sin su su extraordinaria Zora de rebeldes cabellos y luminosa mirada; su maravillosa chica, la única persona a la que quería besar y acariciar, con la que necesitaba hablar. Pero Novak logró sobrellevar aquella temporada sin desmoronarse porque tenía el convencimiento de que Zora y él no habían terminado, que el largo y hermoso tiempo que habían compartido, no podía olvidarse y que volverían a encontrar el camino juntos. De eso estaba convencido porque se fiaba de los verdaderos sentimientos de Zora, porque ella era la única persona que conocía que jamás decía mentiras, que era incapaz de mentir, que siempre decía la verdad en cualquier circunstancia, y si no le había dicho que no lo quería, quizás lo único que trató de decirle era que en ese momento no deseaba casarse y tal vez lo que quería pedir era un descanso, una pausa para pensarlo bien. Novak tenía que entenderla. La fuerza de aquella convicción fue lo que le permitió seguir adelante en aquellos meses vacíos, sin ella. Trabajó en la planificación y ejecución de los cambios de la sociedad libre de humaquis controladores, tratando de aprovecharlos lo mejor posible, negándose a sucumbir a la tentación de compadecerse de sí mismo, luchando por encontrar un enfoque más estricto, más resuelto ante los interrogantes del dolor de la decepción, el esfuerzo de vivir preparándose para encajar en las nuevas responsabilidades, no desplomarse bajo su impacto y mantenerse luchando en vez de salir corriendo, fortificándose ante lo que ya comprendía que iba a ser un largo asedio en una lucha por la libertad.

Era tiempo de mirar a su interior, a su estado de ánimo y a su espiritual soledad, tiempo de obligarse, por fin, a madurar. Pero algo más le faltaba. En efecto, estaba sin el amor de Zora, aunque nunca hablaba con nadie de este asunto, tanto él como su madre sabían que rara vez dejaba de pensar en ello. En otras circunstancias se habría dirigido a su madre para hablarle de sus frustraciones, pero ya era demasiado mayor para eso, y no quería deprimirla con una larga perorata emocional. No obstante, a los pocos días de haber terminado el grueso de la campaña libertaria y regresado a la casa, empezó a pensar si de verdad estaba siendo fuerte, pero más adelante, al ponerse a considerar lo que Zora le había expresado realmente y el porqué de su comportamiento, comprendió que él se estaba comportando tercamente y orgulloso. Aquellos días también estaban teñidos de tristeza, de la sensación de que una parte fundamental de sí mismo estaba a punto de esfumarse y desaparecer de su vida para siempre y no estaba haciendo ningún esfuerzo para recuperar a Zora, a pesar de que la ha estado teniendo continuamente en sus pensamientos y en su corazón, durante muchos meses. De manera que le dijo a su madre:

—Iré a ver a Zora

—Está bien, cariño. Se te nota que estas ansioso por verla.

—Así es, madre. Sigo interesado y siempre lo estaré y jamás dejaré de estarlo porque la quiero locamente y no puedo soportar la idea de vivir sin ella.

Novak se inclinó para besarla. Luego, la abrazó fuertemente.

El aire de la mañana era fresco. El día claro como las aguas puras de los arroyos que enseguida volvía a recorrer con la imaginación y a revivir la felicidad que habían sentido juntos allí, tendidos para charlar. Sería un día cálido y soleado, excelente para dar un paseo por el bosque y visitar a Zora.

Estaba ansioso y se encaminó al bosque por esos parajes que ya conocía como la palma de su mano. La sensación de escuchar el canto de las aves y sentir el viento que soplaba entre las ramas de los árboles, lo hizo recordar lo feliz que había sido compartir con Zora. Por fin llegó a la pequeña casa de Zora. Se acercó a la puerta y llamó suavemente con los nudillos. Ladeó la cabeza y colocó una oreja sore la puerta, para captar los movimientos de adentro. No oyó ruido alguno. Volvió a llamar más fuerte y esa vez pudo escuchar el ruido de alguien que se acercaba a la puerta.

—¡Zora! —susurró con fuerza.

—No, ¿Quién toca? —respondió una voz asustada que él no pudo reconocer en ese momento; tal vez por la emoción que sentía.

—¡Abre la puerta!

—¿Quién es?

—Soy Novak.

—¡Novak!

Hubo una pausa. Novak esperó. Esta vez sí se dio cuenta de que era Anna la que estaba del otro lado de la puerta. El corazón empezó a latirle con fuerza.

—¡Hola Anna; ¿cómo estás? —La saludó emocionado cuando Anna abrió la puerta.

— ¡Hay, mi amor; tanto tiempo sin saber de ti! Nos mantuviste muy preocupadas y no teníamos a quien preguntar.

—Bien; estoy bien. Estaba ansioso por venir a verlas. La abrazó fuerte y en aquel momento, quedó asombrado al darse cuenta de lo pequeña que era. Él, a su lado, parecía un gigante. Sintió una gran alegría de verla y nuevamente la rodeó con los brazos apretándola contra sí.

Zora, que estaba haciendo los deberes de la casa, se sorprendió tanto al oír la voz de Novak, que dejó escapar un grito y, al volverse, lo vio con aspecto triunfante.

—¡Novak! —dijo—. ¿Qué haces aquí?

Lo primero que sorprendió a Novak fue la espléndida sensación de oír su voz de nuevo, que convertía su nombre en algo que sonaba a gloria. Y como él consideraba que se había comportado mal durante su destierro, las primeras palabras que le dijo fueron:

—Tú eres el amor de mi vida, Zora, mi único amor verdadero entre un millón de amores únicos y verdaderos —y como Zora se echó a llorar en el momento en que la abrazó, Novak sospechó que la vida le había resultado difícil también a ella en los meses que pasaron distanciados.

—He venido a darte un beso, dijo Novak. Sólo un beso, y me voy.

—¿Sólo uno?

—Sólo uno.

Así que Zora abrió los brazos y dejó que la besara. Fue su primer beso. Y fue un beso de verdad, un beso que llenó de gozo su corazón y para Novak, no sólo encerraba la promesa de más besos en los días siguientes, sino que demostraba que Zora era efectivamente real.

Y justo cuando estaban a la mitad del beso, la madre de Zora, exclamó:

—¡¿Zora, pero ¿qué estás haciendo?!

—¿A ti qué te parece, mamá? —dijo apartando bruscamente los labios de la boca de Novak y mirando a su madre.

—Estoy besando al hombre que siempre he amado.

Fue el mejor momento de Novak, el pináculo mismo de sus aspiraciones, el grandioso y absurdo gesto con que tantas veces había soñado, pero nunca lo había conseguido. Ahora estaba listo. Significaba un futuro; sin duda, un mañana más feliz y satisfactorio, un porvenir al lado de Zora.

Novak la encontró tan increíblemente bella en aquel momento, que la abrazó nuevamente y le cayó a besos. Fueron besos muy breves, poco más que unos roces; pero, al separarse, Novak la rodeó por la cintura, sujetando su cuerpo suavemente, contra el suyo y, Zora se encontró mirándole a los ojos. En lo único que podía pensar era en lo feliz que se sentía porque él estuviera de vuelta. La apretó y la volvió a besar. Esta vez fue... apasionado. Zora un cosquilleo al apretarse contra el pecho de Novak. Cerró los ojos como si fuera incapaz de resistir tanta felicidad y su mente quedó en blanco, sintiéndose totalmente embargada por el contacto. Le hubiera gustado seguir así toda la vida. Pero Novak la apartó para poder mirarla.

—¡¿Estabas preocupada por mí?! —preguntó, asiéndose el asombrado.

—¡Pues claro! He pasado los días esperando tu regreso, y en las noches apenas he dormido por estar pensando en ti.

—Zora, me siento muy feliz de verte.

—Y yo, ¡me siento tan contenta! —exclamó Zora, con una voz que era más un susurro. Le vio bajar los párpados e inclinar su cara sobre la de ella, y luego sintió los labios de Novak contra los suyos. Fue un beso dulce. Zora se sentía tan, pero tan feliz, que tenía ganas de llorar. Ya no era tan sólo que sintiera alivio porque Novak estuviera a salvo. Se sentía más contenta de lo que había estado en mucho tiempo. Su presencia física la embargaba de una emoción tal, que la hacía sentirse un poco mareada.

Abrazada a su cuerpo, necesitaba tocarlo más, sentir aún más su presencia, tenerle más cerca. Le acarició la espalda. Quería sentir su cuerpo. Se contuvo.

Zora miró a su madre y vio una expresión de éxtasis en su cara y un brillo de lágrimas en sus ojos.

—No nos separaremos nunca más. ¡Ahora somos libres!

Los humaquis
Entre humanos y humanoides

Reseña del autor Luis Felipe Ortiz Reyes

Nació en Venezuela. Estudió Ingeniería Mecánica en La Fundación Universidad de América (FUA), Bogotá, Colombia y obtuvo el título de Ingeniero Mecánico en La Universidad del Zulia (LUZ), Maracaibo, Venezuela, así como el título de Abogado en La Universidad Central de Venezuela (UCV), Caracas.

Ha realizado numerosos posgrados, tales como:

° Diplomado en Edición. Universidad Central de Venezuela.
° Gerencia de Finanzas en Massachusetts Institute of Technology, Boston.
° Finanzas en Pennsylvania State University, Pensilvania.
° Gerencia de Investigación en Battelle Memorial Institute, Ohio.
° Gerencia en La Managment Association, New York.

Es ganadero y ha sido presidente de varias empresas e Instituciones y miembro de La Asociación Integral de Políticas Públicas (AIPOP).

Fue Premio 2012 de la Fundación para la Cultura y las Artes (Fundarte) en la I edición del Concurso de Narrativa "La paz es lo que cuenta".

Finalista en el concurso de microcuentos Banesco 2012.

Finalista en el I Premio Hispania de novela histórica, convocado en España en el 2013, por la Editorial Altera.

Finalista en el I Certamen Mundial de Excelencia Literaria Liberty Edition, Seattle EE.UU. –Narrativa, 2015.

Recibió La Orden Al Mérito En El Trabajo en su primera clase, otorgado por el Gobierno de Venezuela. 1998.

Ha publicado numerosos artículos de prensa y ha escrito y publicado varios libros, entre los que se encuentran:

° Inversiones de Capital en El Mercado Andino, 1973
° Anotaciones Sobre El Derecho Penal Venezolano, 1977
° Ganadería La Cruz de Hierro, 2010
° Ganadería Bellavista, 2011
° Los Extorsionadores, 2011
° El Poder, 2013
° Los Iniciados, 2015
° El Matador, 2015
° Alucinando, 2017
° Entrevista Imaginaria, 2018
° Cadena de bloques y criptomonedas, 2019
° El taller del escritor, 2020
° Puro (s) cuento (s) Vol. 1, 2 y 3 (durante varios años)
° La virgen vendida, 2021
° Valores bursátiles, 2022
° Escritura y literatura (Banco de ideas y memoria), 2023
° Casos del comisario, 2024
° Los humaquis (Entre humanos y humanoides), 2024

Este libro fue impreso en

amazon

kindle direct publishing

Made in the USA
Columbia, SC
01 November 2024